Christian Huber

Das Ende vor Augen

Im Gedenken an meinen Freund Hans Klinger,
der seine Jugendjahre sinnlos einer wahnwitzigen
und unmenschlichen Diktatur opfern musste.

Christian Huber

Das Ende vor Augen

Soldaten erzählen aus dem Zweiten Weltkrieg

rosenheimer

Der Ablauf des militärischen Geschehens entspricht
der geschichtlichen Wahrheit.
Die Namen der handelnden Personen sind frei erfunden.

www.rosenheimer.com

Titelfoto: © Bundesarchiv, Bild 146-1971-052-87
Lektorat: Gisela Faller, Stuttgart
Satz: Satzpunkt Ursula Ewert GmbH, Bayreuth
Druck und Bindung: CPI Moravia Books s.r.o.
Printed in Czech Republic

ISBN 978-3-475-54135-3

Inhalt

Vorwort

»Und eine Furcht kommt uns, wir sind zu weit gefahren, als dass wir je die Heimat wiedersehen« – welcher Satz könnte den Gemütszustand der deutschen Soldaten in den letzten Kriegsmonaten 1944/45 besser beschreiben als dieser von Bertolt Brecht? Angst um die Familie – der Luftkrieg hatte längst auch die kleinsten Städte erreicht –, Angst ums eigene Leben, Angst vor der drohenden Niederlage und einer ungewissen Zukunft – besonders in der letzten und gleichzeitig blutigsten Phase des Zweiten Weltkrieges waren die deutschen Soldaten einer schier unmenschlichen Last ausgesetzt. Das Ende vor Augen, wusste keiner von ihnen, was der nächste Tag bringen würde. Der Autor hat sich in den vergangenen Jahren mit zahlreichen ehemaligen Kriegsteilnehmern aus dem Süden Bayerns getroffen. Über die Jahre entstanden viele Freundschaften. In langen Gesprächen legten die damaligen Soldaten ihre ganz persönlichen Erlebnisse zum Ende des Krieges dar, stellten Tagebucheintragungen und Manuskripte zur Verfügung. Aus ihnen entstanden zehn ganz unterschiedliche Geschichten, die dem Leser das Grauen am Ende des Zweiten Weltkriegs nahebringen sollen.

Sommernacht

Peter Stuffer, Ruhpolding, Obergefreiter
Ostfront, Heeresgruppe Süd

Ich erinnere mich, als ob es gestern gewesen wäre. Wir liegen seit Tagen an diesem Flussufer. Die Gesichter braungebrannt, Staub zwischen den Zähnen. Franz Schenkenbach, wir nennen ihn den »Stockpreußen«, weil er kein Wort Bayerisch spricht und unsere Witze nicht versteht, der kleine Hans Reichl aus Raubling im Inntal, Georg »Schorsch« Kramer aus Hundham im Oberland, den wir wegen seiner Nickelbrille den Professor nennen, Gerd Ziefer, ein Baum von einem Mann. Dazu noch Auer, Unterhuber, Loferer, Meitinger, Bader, Rampfl, Baier, 120 andere. Und ich. Es gibt viel zu essen, und manchmal dösen wir schwer vom Dosenfutter über die Mittagsstunden die größte Hitze einfach weg. Die Wasserflasche in der Hand schlafen wir im Sitzen, Stehen und manchmal sogar im Gehen ein. Wie der kleine Reichl-Hans, der sich auf Wache an einen Baum lehnt, das Gewehr über die Schulter, den Helm tief ins Gesicht gerückt. Sein Nickerchen knickt ihm für eine Sekunde die Beine. Eingeschlafen am helllichten Tag. Die Mündung seines Karabiners durchbohrt die Oberlippe und trifft auf die vorderen Schneidezähne. Der erste Verwundete unsere Kompanie am Ufer des Bug. Nach zwei Tagen ist sein Gebiss wieder hergestellt, er liegt bei uns im Graben. Pech für ihn, wie wir später erfahren müssen.

Der Bug. Wir sehen ihn von unserer Stellung aus. Unser Ufer ist leicht erhöht. Trotz der sengenden Sonne und des nahen Flusses gibt es für uns Badeverbot. »Wir sind hier nicht auf einem Vergnügungsdampfer«, sagt der Feldwebel. Wir denken, es ist wegen der militärischen Disziplin und weil der Feldwebel, er heißt Hemmberger und ist aus Schwaben, keinen Spaß versteht. Doch eigentlich, das erfahren wir erst später, ist es wegen des Lärms. Lärm ist das, was wir am wenigsten brauchen. Drüben liegt der Russe – eigentlich unser Freund. Unsere Kompanie ist damals durch Polen marschiert, dass es eine wahre Freude war. Wir hatten kaum Feindberührung, sahen immer nur die Staubwolken des polnischen Rückzugs und trafen hier am Bug auf unseren Verbündeten, den Iwan. Das ist fast zwei Jahre her, dazwischen lag für uns noch der Frankreich-Feldzug, bei dem wir viel marschiert sind, aber zum Glück wenig kämpfen mussten.

Von unserem heutigen Verbündeten, dem Russen, sehen wir gerade nichts. Dafür bekommen wir jeden Morgen und Abend ungebetene Gäste vom Wasser herauf. Schwärme von Mücken surren um uns herum. Wir werden dieses leise hohe Brummen in ganz anderem Zusammenhang noch fürchten lernen. Unsere Köpfe sind leer und hohl. Wir erzählen uns Geschichten von daheim, lachen und frotzeln uns gegenseitig. Die Fotos unserer Liebsten sind uns ein Halt. Es könnte wie im Urlaub sein, wären da nicht offene Fragen, die uns martern, uns seit Tagen nicht ruhig schlafen lassen. Wohin geht es? Das ist die wichtigste unter diesen Fragen. »Der Russe lässt uns durchfahren bis Persien, dann kommen wir beim Tommy durch die Hintertür«, sagt Schenkenbach und lacht. Nicht wenige von uns glauben, dass uns unser Verbündeter nach Afrika ziehen lässt, wo Rommel mit seinem Afrika-Korps den Engländern gerade alles abverlangt. Zumindest die Hoffnung auf diese Möglichkeit wollen wir nicht sterben lassen. Oder hat Stalin seinem Verbündeten Hitler die Ukraine verkauft? Was soll es denn sonst sein, das uns bevorsteht? Gegen die Russen ziehen? Viele unsere Generäle kommen aus dem Ersten Weltkrieg. Die werden doch nicht so dumm sein und nochmals einen Zweifrontenkrieg beginnen, denken wir. England ist noch lange nicht am Ende, auch wenn unsere Luftwaffe der Insel zurzeit mächtig zusetzt. Wie blutig die Vergeltung dafür sein wird, wissen wir an diesem 21. Juni 1941 am Steilufer des Bugs nicht.

Der Nachmittag ist unerträglich heiß. Wir bekommen überraschenderweise Sonderverpflegung. Eine Flasche Schnaps für vier Leute, Zigaretten. Marschverpflegung für drei Tage. Marschieren? Wohin? Dass wir nur ein grauer Haufen von Figuren auf einem riesigen Schachbrett sind, die das Schicksal an diesen Fluss gewürfelt hat und bald schon hart prüfen wird, ahnen wir nicht. Unsere Koordinaten lauten: 2. Kompanie, Gebirgsjäger-Regiment 98. Von Lenggries hatte das Schicksal uns über Dukla in Polen an die Loire, zurück zur Schweizer Grenze und jetzt schließlich wieder nach Polen an den Bug geworfen. Und hier warten wir.

Bis die Nacht hereinbricht, dösen die meisten von uns immer vor sich hin. Doch heute ist etwas anders als die letzten Tage. Unser Leutnant, Sepp Kerner, ein munterer, hoch aufgeschossener Mensch aus Mittenwald, hat uns mittags schon vielsagend verkündet: »Da ist was im Busch.« Und tatsächlich sind die höheren Offiziere, die wir sonst kaum zu Gesicht bekommen, heute direkt am Flussufer in dicken Schwärmen vertreten. Sie stecken die Köpfe zusammen. Geheimniskrämerei. In ein paar Stunden werden wir wissen, was die Stunde geschlagen hat. Bis dahin rät uns unser Feldwebel, uns aufs Ohr zu hauen. Doch an Schlaf ist heute noch weniger zu denken als in den kurzen, heißen Nächten davor. Gegen Mitternacht rollen Lkws aus dem rückwärtigen Raum an unser Lager heran. In der mondhellen Nacht erkennen wir die großen Gummiboote auf ihren Rücken. Eine Pionierabteilung. Schön langsam brauchen wir nicht mehr viel Phantasie, um uns auszumalen, was da passieren soll. Unsere Gedanken schweifen nach Hause. Bedrückte Stimmung macht sich breit. Obwohl alle längst wach sind, wagt kaum einer einen Ton zu sagen. Nur wenig Flüstern ist zu hören, bis unsere Gruppenführer uns leise aus den Feldlagern scheuchen. Drei Uhr, das Ende der Geheimniskrämerei. Unser Zugführer Kerner steht vor uns auf einer kleinen Lichtung mitten im nachtfinsteren Wald, eine Taschenlampe baumelt an seiner Brust. Weißes Licht. Wenn es grün wird, ist es für die Welt zu spät. Kerner verliest die Proklamation, die uns ins Verderben stürzen wird. »Soldaten der Ostfront …«

Ostfront? Uns gefriert trotz der schwülen Hitze das Blut in den Adern.

»Soldaten der Ostfront! In diesem Augenblick vollzieht sich ein Aufmarsch, der in Ausdehnung und Umfang der größte ist, den die Welt bisher gesehen hat. Im Verein mit finnischen Kameraden stehen die Kämpfer des Siegers von Narvik am Nördlichen Eismeer. Deutsche Divisionen unter dem Befehl des Eroberers von Norwegen schützen gemeinsam mit den finnischen Freiheitshelden unter ihrem Marschall den finnischen Boden. Von Ostpreußen bis zu den Karpaten reichen die Formationen der deutschen Ostfront. An den Ufern des Pruth, am Unterlauf der Donau bis zu den Gestaden des Schwarzen Meeres vereinen sich unter dem Staatschef Antonescu deutsche und rumänische Soldaten. Die Aufgabe dieser Front ist daher nicht mehr der Schutz einzelner Länder, sondern die Sicherung Europas und damit die Rettung aller. Soldaten der Ostfront, zu diesem Schutz seid ihr heute angetreten.«

Also doch zwei Fronten. In der nächsten Stunde werden wir mit unseren Pionieren über den Bug setzen. Schon hören wir Flugzeuge in Richtung Osten fliegen, große Schwärme. Das Brummen über unseren Köpfen wird stundenlang nicht enden. Wir ahnen in dieser Weltsekunde die Abschüsse unserer Artillerie, die in wenigen Minuten tödliches Eisen durch den Nachthimmel speien wird. Das Licht der Taschenlampe an der Brust unseres Zugführers springt um – von Weiß auf Grün. Das Zeichen für uns, in die Boote zu springen. In diesem Augenblick tut der Krieg seinen ersten Schrei, der Friede seinen letzten Atemzug. Der Überfall auf die Sowjetunion beginnt.

Dreieinhalb Jahre später gibt es mein Regiment praktisch nicht mehr. Die meisten meiner Kameraden der ersten Stunde sind längst tot. Wir hatten das Pech, gleich in den ersten Tagen des Krieges noch im Grenzgebiet in schwerste Kämpfe verwickelt zu werden. Kein Hurra-Marschieren mehr, kein Spaziergang wie gegen Polen. Der Russe ist ein anderes Kaliber. Wir schmecken den Krieg vom ersten Tag an auf den Lippen. Schon in der Nacht des Überfalls haben wir die ersten Toten und über 30 Verwundete. Und so wird es weitergehen, fast jeden Tag, bis zum Untergang unserer Welt.

Ich habe Reichl sterben sehen, als er sich auf eine Handgranate warf, die einer der Ersatzleute, die wir allesamt nicht mochten, versehentlich in den Graben rollen ließ. Reichl sah als Erster das Unheil, warf sich mit seinem Körper auf die Granate, die fast im gleichen Augenblick explodierte. Sein Brustkorb hob sich nur leicht an, dann streckte er alle Glieder von sich. Reichl war sofort tot. Es war das erste Mal, dass ich einen Kameraden nicht begraben konnte, weil der Russe uns dazu keine Zeit ließ. Mit Reichls Körper hatte es mir die Seele zerrissen, und ich musste zum allerersten Mal lauthals weinen. Das war vor zwei Jahren beim Kampf um den Gipfel des Ssemanschcho am Schwarzen Meer. Ich sehe den toten Reichl, dessen Körper uns das Leben gerettet hat, fast jede Nacht vor mir.

Besonders schlimm traf es auch den Professor, den Kramer-Schorsch. Es ist noch nicht lange her. Südlich von Belgrad wird unser Regiment von den Russen eingekesselt. Wir liegen in einem kleinen Wäldchen in Schützenlöchern, tief eingegraben. Zum Glück hatten wir ein paar Stunden dafür Zeit, ehe der Russe mit allem, was er hatte, auf unsere Linien einzuhämmern begann. Der Iwan schießt mit Sprenggranaten, die ein, zwei Meter über dem Erdboden explodieren und eine furchtbare Splitterwirkung haben. Die Granaten zerlegen das Wäldchen zu Kleinholz. Splitter surren über unsere Köpfe. Ein paar Meter neben mir höre ich ein lautes Krachen, das mir das rechte Trommelfell zerplatzen lässt. Ich renne zur Einschlagstelle hinüber. Dort liegt, an einen Baum geschleudert, ein Bündel Mensch, zur Unkenntlichkeit zerrissen. Als ich nachfrage, wer der Tote ist, stellt sich schnell heraus, dass es der Oberjäger Langhans ist. Auch auf ihn warten eine Mutter, eine Braut. Er war verlobt. Ich habe keine Zeit, meinen Gedanken nachzuhängen. Immer noch kracht es wie wild über uns. Feuerschlag auf Feuerschlag geht auf unsere Stellung nieder. Zum Rennen ist es jetzt zu spät. Zwischen den Granateinschlägen höre ich am anderen Ende des Wäldchens Hilferufe und Jammern. Ich kenne die Stimme: der Professor. Als das Feuer etwas nachlässt bewege ich mich vorsichtig in die Richtung; aus der ich immer noch die Schreie höre. Das Schützenloch, in dem der Professor und der »Huber acht« (die Huber und Meier werden bei uns durchnummeriert) liegen, ist ein einziger Granattrichter. Beide hat es arg erwischt, die Granate hat

Huber die Beine abgerissen. Als ich den Huber anspreche, reagiert er nicht mehr. Er war ein stämmiger Mann, zuverlässig und ruhig. Ich habe ihn gerne gemocht. Ich streiche ihm über die Hände. Er wird ruhiger, macht noch einen Atemzug, dann rührt er sich nicht mehr. Einen Schritt daneben liegt unser Professor, der Kramer-Schorsch. Seine Nickelbrille sehe ich nicht mehr, die hat ihm der Luftdruck der Granate weggeblasen. Trotz der einbrechenden Dunkelheit sehe ich, dass ihm die Granate den ganzen Unterleib aufgerissen hat. Er lebt noch, stammelt unverständliche Worte und zerrt am Riemen seines Rucksacks. Ich helfe ihm heraus und lege ihn flach auf den Boden. Ich streiche ihm über den Unterarm. Der Professor merkt, dass sich jemand um ihn kümmert, wird ruhiger. Als ich ihn noch einmal anspreche, reagiert er nicht mehr. Vorsichtig breche ich bei beiden die Erkennungsmarke entzwei, rasch gehe ich weg. Das wird eine schwere Nacht. Der Russe lässt nicht locker. Und das ist gut so, sonst müsste ich denken.

Warum ich gerade jetzt beim Reichl und beim Kramer bin, ist mir schleierhaft. Vielleicht, weil es für mich so einschneidende Erlebnisse waren. Der Tod auf dem Feld ist oft ein anonymer Tod. Viele unserer Kameraden mussten wir einfach liegen lassen. Besonders im Winter, wenn der Boden zu hart war für die Spaten. Schnee und Eis sind ein unruhiges Grab, das Tauwetter im Frühjahr gibt die Leichen wieder frei. Die schaurigsten Monate im Osten sind der April und der Mai, denke ich mir und freue mich, dass ich jetzt so nah an der Heimat bin und nicht über Leichen gehen muss.

Reichl und Kramer sind längst Vergangenheit. Und den Rest meiner Kompanie, meines Zuges, meiner Gruppe von damals am Bug habe ich lange nicht gesehen. Immer wieder hatte ich in den letzten Monaten das Pech, aus der Ausbildung, aus dem Genesungsurlaub heraus oder mitten aus dem Kämpfen bei verschiedensten Einheiten zu landen. Das ist bitter, weil die eigenen Kameraden, die Soldaten, die man kennt, einem Halt geben. In fremden Einheiten, fühlt man sich hilflos, bis zum ersten Feuerhagel, bis sich einer auf einen verlassen hat und weiß, dass er sich verlassen kann. Ich habe Soldaten gesehen, die daran zerbrochen sind, weil sie nach einem Urlaub oder einer Verwundung nicht mehr zurück zu ihrem Haufen kamen. Gerade in den letzten Monaten ist das immer häufiger der Fall. Und mir geht es nicht anders. Ich kann nicht einmal genau beschreiben, wie ich hierher in die Nähe von Posen gekommen bin. Seit Tagen marschiere ich jetzt mit diesem Haufen, der nicht meiner ist, im Eiltempo in Richtung Westen. Die Ostfront ist keine mehr. Unser Marsch gleicht einer Flucht. Zum Glück haben wir einen prima Hauptmann, einen Rheinländer, der unsere Alarmeinheit führt, einen Haufen von 40 Mann. Leider weiß ich seinen Namen nicht mehr. Immer, wenn wir dem nachdrängenden Russen Widerstand leisten, sorgt er umsichtig dafür, dass wir eine anständige Stellung beziehen, uns eingraben, mit unseren wenigen Waffen eine möglichst große Feuerkraft entwickeln können. Dass wir dabei immer nur die Spitzen der russischen Verbände ein bisschen bremsen, weiß der Hauptmann so gut wie wir.

Heute Morgen ist es wieder soweit, zwischen Posen und Schneidemühl, ich glaube, der Ort heißt Waitze. Jedenfalls liegt er an einer Straßengabelung. Irgendein Regimentskommandeur, der Chef eines Auffangstabes oder ein Bataillonskommandeur befindet diese Straßengabel Ende Januar 1945 für wichtig. Wir drehen uns also um, halten für ein paar Stunden inne und unterbrechen unsere Flucht. Unsere schweren Maschinengewehre, für die wir noch ein paar Hundert Schuss Munition haben, weiß Gott, wo der Hauptmann die organisiert hat, gehen bei zwei Bauernhöfen in Stellung. Der Rest von uns liegt auf einer kleinen Anhöhe. Der Hauptmann bildet, wie er es gelernt hat, Reserven. Vier Mann. Wir müssen beinahe lachen, als er den Vieren befiehlt, sich weiter nach hinten abzusetzen und sich für den »Notfall« bereitzuhalten. »Notfall«? Die ganze Wehrmacht ist ein Notfall. Und was sollen schon diese vier Mann ausrichten, wenn der Russe mit Panzern kommt? Wir haben uns kaum eingegraben, da hören wir schon den Kriegslärm auf uns zurollen. Was wird unser Haufen noch halten können, ohne Panzer, ohne schwere Waffen? Und dann kommen die ersten Kolonnen die Straße herauf auf unsere Weggabelung zu. In letzter Sekunde schreit der Hauptmann: »Das ist nicht der Russe! Nicht schießen!« Und tatsächlich: Auf uns zu wälzt sich ein unbeschreiblicher Treck aus menschlichen Leibern, Ochsen, dürren Pferden und halbverhungerten Rindern zu. Hunderte von Frauen, Greisen und Kindern, auf hölzernen Wagen, zu Fuß, in Lumpen gehüllt und offensichtlich mit ihren letzten Habseligkeiten bepackt. Wägelchen, Kinderwagen und Handkarren sind zu sehen. Frauen tragen ihre schreienden Säuglinge, schwer kranke Kinder liegen auf Pritschen, die von dürren Pferden hinter sich hergezogen werden. Man weiß nicht, wer zuerst sterben wird, das Vieh oder der Mensch. Bei uns hier an dieser gottverdammten Gabelung kommen sie plötzlich alle zusammen, die Flüchtlinge aus Schneidemühl und die aus Posen. Und obwohl wir in den nächsten Stunden mit den Russen rechnen, kriechen wir aus unseren Löchern, geben uns zu erkennen und erhaschen das eine oder andere Lächeln. Unser feldgrauer Haufen mit ein paar Gewehren und einem erfahren wirkenden Hauptmann weckt offenbar ihr Vertrauen. Wir vermitteln ein bisschen Sicherheit. Schnell sorgt der Hauptmann dafür, dass sich die Wagen, Tiere und Menschen an der Weggabelung nicht allzu sehr ineinander verknäulen. Es gibt einen mächtigen Stau, der aber langsam in geordnete Bahnen übergeht. »Riesenmassel heute«, sagt einer meiner neuen Kameraden, den ich noch nicht kenne. »Alles Grau in Grau. Da fliegt der Russe nicht gerne.« Und wir blicken zum Himmel und hoffen, die Sonne möge heute noch lange frei haben.

Schnell kommen wir mit den Leuten vom Flüchtlingstreck ins Gespräch. Sie erzählen uns, wie sie vertrieben wurden. Vor zwei Tagen seien in jeder Ortschaft Parteifunktionäre aufgetaucht und hätten die Bewohner aufgefordert, sich vor den nahenden Russen nach Westen abzusetzen. Vielen blieben keine 24

Stunden, um ihre Habseligkeiten zu packen. Viele Bauern wären lieber auf ihrem Hof geblieben und hätten sich den Russen gestellt, doch SS und Polizei hätten sie zur Flucht gezwungen. Fast alle haben ihr Vieh zurücklassen müssen. Ein paar haben aber doch eine Kuh an ihren Wagen gebunden – frische Milch für unterwegs. Viele der Flüchtlinge waren noch familienweise oder mit der Nachbarschaft zusammen. Auch sterbende oder bereits tote Familienmitglieder wurden nicht zurückgelassen.

Die nächsten Stunden wollen die Kolonnen nicht abreißen. Und irgendwie will der Russe diesen Wurm aus Leibern nicht fressen. Das Artilleriefeuer wird bis zum Abend immer leiser. Flüchtlinge berichten, dass keiner auch nur einen Russen gesehen habe. Als die Dunkelheit hereinbricht und der Treck abreißt, schickt unser Hauptmann einen Spähtrupp Richtung Osten. »Mal schauen, was da los ist.« Als die drei Männer gegen Mitternacht zurückkommen, berichten sie von menschenleeren Dörfern, verlassenen Anwesen, schreienden Tieren in den Ställen und auf den Feldern. Es ist, als sei die Menschheit ausgestorben.

Wir sollten nur mehr ein paar Stunden Ruhe haben. Noch vor Morgengrauen blitzt der Himmel auf. Der Russe beginnt wie immer, wenn er sich fürs Vorwärtsmarschieren entschieden hat, mit einem massiven Artillerieschlag. Wir haben mächtig Glück. Die beiden Bauernhöfe in unserer Nähe und unser Haufen werden nur von ein paar Granatwerfern beharkt, während um uns herum überall die Erde von Stalinorgeln und schwersten Geschossen aufgewühlt wird.

Wir wussten, was auf uns zukommen würde, und ich weiß, dass wir den Russen keine zehn Minuten Paroli bieten können. Noch in der Nacht muss ich leider die Unzulänglichkeit unserer Verteidigungslinie kennenlernen. Ich bringe eine warme Suppe, die die Bauern für uns bereitet haben, in jedes Schützenloch, das ich finde. Links und rechts von uns liegen ein paar Infanteristen in ebensolchen Löchern wie wir, links hinter uns ein Haufen Volkssturm, zusammengewürfelte Grüppchen aus alten Männern und Schulbuben. Manche tragen Uniformen der Post oder der Bahn, andere haben über ihre Zivilsachen einfach einen Wehrmachtsmantel geworfen. Einige sind mit alten Jagdflinten ausgerüstet. Das sind also die Wunderwaffen, die uns unsere glorreiche Heeresführung versprochen hatte.

Gleich wird es rundgehen. Die Artillerie hört zu feuern auf, das Granatwerferfeuer wird immer weiter nach vorne verlegt, zielt jetzt schon über unsere Köpfe hinweg. Das sind bei jedem Angriff der Russen die unheimlichsten Minuten. Die Erinnerung daran treibt mir heute noch den Angstschweiß zwischen meine Schulterblätter. Dann sehe ich sie, und mein Atem stockt. Hunderte, nein Tausende Russen rollen mit wildem »Urräh« auf unsere kleine Stellung zu. Unsere MGs halten die ersten Reihen nieder. Doch der ersten Walze folgt die zweite, die dritte. Schon wird die Munition knapp. Unsere beiden schweren Maschinengewehre bekommen Volltreffer durch die russische Pak, die viel Zeit hat, sich einzuschießen. Wir haben nichts zur Gegenwehr. Und jetzt ist der Russe auch bei unseren Löchern, links von uns, rechts von uns, wir werden einfach überrollt. Als ich mit meiner MP auf die Russen schieße, die mir am nächsten sind, spüre ich einen stechenden Schmerz in der Schulter, der so stark ist, das ich fast in Ohnmacht falle und meine Waffe aus den Händen gleiten lasse. Es ist, als würde ein gewaltiger Granatsplitter in meinem Oberarm stecken. Ich blute kaum, aber die Schmerzen sind so unerträglich, dass ich für die nächsten Sekunden das Bewusstsein verliere.

Als ich die Augen öffne, bin ich im Schulhaus von Waitze. Ein Sanitäter steht neben mir, schaut sich meine Wunde an und blickt ein bisschen verloren drein. »Nicht schlimm«, stammelt er, doch ich weiß es besser. Der Splitter einer Phosphorgranate hat sich in mein Fleisch gegraben und brennt leise vor sich hin, immer weiter und immer tiefer, bis zum Knochen. Hoffentlich verliere ich meinen Arm nicht, denke ich, als plötzlich die Russen in der Türe stehen. Uns Verwundete in der Schule behandeln sie ganz ordentlich. Wer kann, muss sich bis auf die Unterhose ausziehen. Die Russen durchsuchen alles genau. Wir bekommen einen Teil unserer Klamotten zurück, die Stiefel und alle Wertsachen behalten sie natürlich. Später kommt ein russischer Arzt und versorgt die Schwerstverwundeten, kümmert sich auch um meine Wunde, weiß offenbar genau, was zu tun ist. Wieder verliere ich für Stunden das Bewusstsein, ehe ich zum ersten Mal in meinem Leben auf einem russischen Lkw lande. Die Fahrt geht nach Osten. Nach viereinhalb Jahren Krieg liegt noch einmal die gleiche Zeit in Gefangenschaft vor mir. Sibirien. Aber der russische Arzt hat mir meinen Arm gerettet.

Hetzjagd

Hans Klinger, Wasserburg, Zugführer
Ostfront, Heeresgruppe Süd

Was wird nur aus uns? Unruhe hat uns erfasst. Wir sind nervös, gereizt. Seit Wochen kämpfen wir gegen einen übermächtigen Gegner, haben blutige Verluste und eilen von Niederlage zu Niederlage. Die Zeichen des Untergangs sind unverkennbar. Seit gestern liegen wir an der Donau nahe Wien. So weit ist es schon gekommen. Mein Kradschützenzug gräbt sich wieder einmal ein, die wenigen Spähwagen, die wir noch haben, stellen wir in einem kleinen Wäldchen ab. Sie sind unser Ein und Alles. Sie halten uns am Leben, sind unsere Versicherung. Nur mit ihnen sind wir in der Lage, uns schnell aus gefährlichen Situationen herauszuziehen. So, wie gerade jetzt. Nervös suche ich mit dem Fernglas ständig das andere Ufer der Donau ab. Dort setzen sich die Iwans gerade fest, nisten sich ein, bringen Werfer und Geschütze in Stellung. Zwei T34 schieben sich langsam tastend Richtung Brücke vor. Schon wieder Panzer. Dabei haben wir vorhin, als wir selbst noch auf der anderen Donauseite waren, etliche von ihnen erledigt. Was hat es genützt? Immer wieder kommen neue nach, als würden sie sich beliebig vermehren, hässlichen Fabeltieren gleich, die alles niederstampfen, die Abwehrstellungen, die Widerstandskraft. Und auch die Kampfmoral zerbricht nach und nach unter ihren mörderischen Ketten. Wie lange werden wir Wien unter solchen Umständen noch halten können, drei Tage oder vier, eine Woche noch? Egal nun, wenn bloß Poldi käme, mein Melder, der aber ist wie vom Erdboden verschluckt, einfach unauffindbar. Ausgerechnet der Poldi. Zugegeben, mein zackigster Melder war er zwar nie, der Österreicher, doch gewiss mein zuverlässigster. Und fröhlich konnte der Poldi sein, so mitreißend fröhlich. »... heut kommen d'Engerl auf Urlaub nach Wean ...«, hat er ständig gesungen, erst gestern noch, denn singen konnte er wie einer aus der Schrammel-Familie. Ja, zum Singen wie zum Spielen hatte er Talent. So mies und verloren konnte die Situation kaum sein: Wenn's nur irgendwie möglich war, stimmte der Poldi ein Liedchen an. Seltsam nur, dass es stets Wienerlieder waren, Lieder vom Heurigen, Lieder von dieser schönen Stadt. Und der »Schmäh« in seiner Stimme war voller Gemüt, voller Melancholie. Doch jetzt, wo mag er jetzt bloß stecken?

Wieder beobachte ich das andere Ufer, die Brücke mit dem bauchigen, riesigen Geländer, die rauchenden Ruinen: Also das soll nun Wien sein? Nein, so habe ich mir diese berühmte, diese prächtige und operettenselige Kaiserstadt nicht vorgestellt, nein, so ganz gewiss nicht! Auch das Wasser der vielbesungenen Donau ist keineswegs blau, sondern schmutziggrau. Und hierher, ausgerechnet hierher sollen die »Engerl« auf Urlaub kommen? Ich ducke mich hinter der Uferböschung, um mir eine Zigarette anzuzünden. Abwarten, nur Geduld, der Poldi wird schon noch auftauchen, rede ich mir ein. Freilich, ganz zuletzt, als wir alle herüben waren, hat ihn keiner mehr gesehen. Drüben noch, vor einer halben Stunde etwa, da karrte er mit seinem Beiwagen noch Panzerfäuste heran. Doch dann ging plötzlich alles drunter und drüber, die Hölle war los. Massiv drängten die Sowjets hinter ihren Panzern heran, Flammenwerfer zischten, es krachte und qualmte – wir mussten uns absetzen. Absetzen – ein anderer, militärischer Ausdruck für abhauen. Der Brückenkopf war nicht mehr zu halten. Hat der Poldi tatsächlich das Absetzen verpasst – oder wurde er verwundet, konnte er deshalb diese Scheißbrücke nicht mehr passieren? Ich drücke die Zigarette aus und spitze über die Böschung. Jetzt steigen drüben Nebel auf, künstliche Nebelschwaden, in denen sich das kolossale Brückengeländer zu verlieren scheint. Wie ein überirdischer Vorhang wirkt diese Nebelwand, schier so, als würde der Krieg seine Vorstellung nun beenden, wenigstens vorübergehend. Tatsächlich kommt von drüben kein Schuss, keine Granate, eine sonderbare Ruhe liegt über dem Flussgelände. Bereitet der Iwan eine neue Attacke vor? Wenn bloß der Poldi käme! Freilich, die Chance ist gering, gleich Null. Vielleicht kommt er angeschwommen, saust es mir durch den Kopf. Ein vager Hoffnungsschimmer. Ich recke mich höher über die Böschung, um die Wasseroberfläche besser beobachten zu können. Alles mögliche treibt daher, ein toter Hund, Kanister, Munitionskisten, Gasmaskenbüchsen, Poldis Kopf ist jedoch nirgends zu sehen. Kann der denn überhaupt schwimmen? Ich grinse in mich hinein: Blöde Frage! Der Poldi kann doch alles, der ist kein unerfahrener junger Spund mehr. Ein umsichtiger Einzelgänger ist er. Einzelgänger? Ja, und vermutlich ist er deswegen so gern Melder, weil er sich da nirgends so ganz einordnen, so richtig einfügen muss. Wie sträubte er sich doch, als man ihn eines Tages zu einem Unterführerlehrgang abkommandieren wollte. Der Rottenführer Poldi wollte Melder bleiben, Melder und sonst nichts. Und singen und spielen wollte er, spielen auf seiner vielfach geflickten Handharmonika, die so eigenartig dumpf orgelte. Wo wird die nun sein? In seinem Beiwagen vielleicht – oder liegt sie längst zerschmettert im Straßengraben? »Scheiße«, zischt es mir über die Lippen. Ein paar Minuten werde ich noch warten, fünf oder vielleicht zehn. Das müsste sich machen lassen, denn die Russen werden so rasch jetzt nicht angreifen, auch sie müssen sich erst wieder sammeln. Also kann ich noch warten. Warten auf Poldi. Was wird mit ihm geschehen sein? Ich wage es mir nicht auszumalen, wie das ist, wie das wäre, wenn man »drüben« bliebe. Ich schiebe diesen scheußlichen Gedanken weg, trotzdem spüre ich ein schauerartiges Gefühl auf meiner Haut: Entsetzlich, bloß das nicht! Und nun soll es Poldi erwischt haben, ausgerechnet ihn, der immer so tat, als ginge der Krieg ihn kaum etwas an. Wenn er schon mal redselig war, erzählte er von seiner Heimat, der Steiermark, und was seine Mutter auftischte, wenn er im Urlaub war: Zwetschgenfleck ... Türkischer Sterz ... Besoffener Kapuziner ... Dukatennudeln mit Vanillesauce ... Apfelstrudel ... Getränkte Liese ... und, und, und. Ja, immer dann, wenn es mal mit der Verpflegung haperte, erzählte er besonders gern von jenen süßen Mehlspeisen mit den fast poetisch klingenden Namen, wobei er sich nicht genug wundern konnte, dass seine Kameraden all diese Herrlichkeiten gar nicht kannten. Kartoffeln, ja, bei den Preußen frisst man eben nur Kartoffeln, kommentierte er dann. Überhaupt waren Poldis Kommentare meist knapp und bündig, selbst dann, wenn es um seine Wiener Landsleute ging: Wenn's keine Wiener gäb', wäre Wien gleich noch schöner, sagte er manchmal. Und nun? Ist ihm ausgerechnet diese Stadt zum Schicksal geworden?

Noch immer ist es an der Donau so sonderbar ruhig, und mich beschleicht ein wehmütiges Gefühl, meine Gedanken wandern zurück. Ich erinnere mich an die frohen Stunden mit Poldi, sehe die heimwehverträumten Gesichter, die seinem Gesang lauschten. Der Poldi »schaffte« alle, wenn er den richtigen »Schmäh« anstimmte, egal, ob in der Kaserne, in russischen Bauernkaten, in leeren Schulhäusern oder halbzerfallenen Fabrikhallen. Wenn er singt und spielt, zaubert er eine andere Welt herauf, eine Welt voller Glück. Wirklich, in jenen Stunden war der Krieg dann plötzlich sehr weit weg, war er einfach vergessen. Und für nicht wenige waren Poldis Lieder von Grinzing und von den schönen Maderln und vom Wein die letzte Freude in ihrem Leben.

Ich schaue wieder auf die Uhr. Fünf Minuten noch, dann muss ich wirklich weg. Herrgott, was ist denn nun mit Poldi? Hat der Krieg auch ihn eingeholt, hat er ihn verschluckt, verschluckt für ewig? Im selben

Augenblick brausen russische Tiefflieger übers »goldige Wien«, von der anderen Donauseite wird das Feuer eröffnet, es heult und kracht und surrt. Das Hoffen hat keinen Sinn mehr, das Warten auch nicht. Es geht weiter – ab jetzt ohne Poldi.

Keuchend lassen wir uns hinter einer schützenden Parkmauer niederplumpsen. Jetzt sind wir in Deckung, in voller Deckung. Endlich! Zu viert halten wir eine Straßenkreuzung, zweimal können wir den Vorstoß der Iwans abwehren, schließlich müssen wir aber doch aufgeben. Der Tod hier wäre sinnlos. Rückwärts geht es also wieder mal, und die Sowjets drücken nach, setzen alles ein, Artillerie, Werfer, Panzer, ihre Übermacht ist zermürbend. Noch aber werden Straße um Straße, Haus um Haus verteidigt, manchmal sogar einzelne Stockwerke, obgleich eine zusammenhängende Linie nicht mehr existiert. Einzelkämpfer tun sich hervor, kleine Gruppen, Züge, Kompanien, auch bewaffnete Hitlerjungen ringen um jeden Meter, nicht glauben wollend, dass Wien nun sowjetisch werden soll. Und da ist noch einer, der sich dem mit allerletztem Mut widersetzen will: ein steinalter österreichischer General, der bei der k. u. k. Armee diente und längst schon pensioniert ist. Nun holt der General Wessely seine Uniform aus dem Schrank, reaktiviert sich selbst, greift sich auf eigene Faust Versprengte, Gruppen von Reserveeinheiten und Lazarettsoldaten, um seine Vaterstadt zu verteidigen. Mit schaurigen Pranken stampft der Krieg nun mitten durch die einstige Kaiserstadt Wien: der Wurstelprater brennt, Brücken krachen zusammen, Häuser werden zu Ruinen, auch Kirchen und

Paläste. Rauchschwaden verdüstern den Himmel. Strom und Gas sind seit Tagen schon ausgefallen, Trinkwasser ist so rar wie Brot – nur an Toten ist kein Mangel. Panik herrscht in der Stadt, eine irre Panik, und niemand weiß, wie lange sich dieser Kampf noch hinziehen wird, zumal sich die Flüsterparolen stündlich ändern: »Wien wird geräumt!« – »Wien ist von der Roten Armee bereits total eingekreist« – »Wien wird zur Festung erklärt!«

Wir vier erholen uns rasch in unserer Deckung, mustern uns schweigend, und unsere pulvergeschwärzten Gesichter schmunzeln selbstzufrieden: Wieder einmal davongekommen! Und ebenso wortlos hantieren wir an unseren Schnellfeuerwaffen herum, lassen neue Magazine einrasten, verteilen die restlichen Eierhandgranaten unter uns. »Die Bestattung von Leichen ist in diesem Park strengstens untersagt«, lässt sich der Geigle da auf einmal hören, dabei hat seine Stimme etwas ungewohnt Amtliches an sich, »sämtliche Todesfälle sind dem Bezirksgesundheitsamt anzuzeigen!« Überrascht gaffen alle auf Geigle, der plötzlich hellauf lacht, jenes Lachen, das Menschen übermannt, die soeben einer tödlichen Gefahr, einer höllischen Spannung entkommen sind. Ziemlich irr, fast verrückt hört sich das an. Hat es ihn erwischt, dreht er durch? Ratlos folgen wir Geigles Blick, der auf ein Schild gerichtet ist, welches neben dem Parktor hängt: »Die Bestattung von Leichen auf diesem Platz ist strengstens untersagt. Sämtliche Todesfälle sind dem Bezirksgesundheitsamt, Amerlingstraße 11, 3. Stock, anzuzeigen.« Nun lachen wir alle gemeinsam, freilich, recht froh klingt es nicht, es kommt eher gequält aus uns heraus, und Ulli meint: »Wo wird denn die sein, die Amerlingstraße? Ob da die Iwans schon sind?« »Warum, möchtest du dich als Leiche dort anzeigen? Lass dir Zeit, lass dir bloß Zeit, noch leben wir ja, und so soll es auch bleiben«, mault Geigle. »Ich kapier' das nicht«, wendet der siebzehnjährige Herbert ein, »warum sollen sich Leichen beim Gesundheitsamt melden, ausgerechnet beim Gesundheitsamt? Da ist es doch sowieso zu spät, oder?« Jetzt lacht die kleine Gruppe wieder. »Mann, Bubi«, meint Geigle, »was heißt schon kapieren? Das Denken solltest du lieber den Pferden überlassen ...« »Ja, ja, weiß schon, wegen der größeren Köpfe«, fällt Herbert ihm ins Wort. »Ganz richtig! Genehmigen wir uns lieber einen, das hat wenigstens einen Sinn!«, sagt Geigle wieder, und schon lässt er seine bauchige Feldflasche kreisen: »Also dann, aufs Gesundheitsamt – oder auf die Leichen!« »Lass den Quatsch!«, funke ich dazwischen. Geigle hat irgendwo eine riesige Feldflasche aufgetrieben, und die macht nun die Runde. In der Flasche ist Wein, saurer Weißwein. Schon seit Wochen trinken wir fast ausschließlich Wein aller Sorten, in Ungarn und im Burgenland, auf unserem Rückzug also, gab es davon in Mengen. Die Vorräte in den Kanistern halten noch eine Weile an, und das ist gut so, denn der Wein hebt die Stimmung, stärkt die angeschlagene Kampfmoral, ersetzt scheinbar auch die stets noch erhofften »Wunderwaffen« ein bisschen. Ja, Wunder bewirkt er schon, der Wein, er macht die Kampfphasen erträglicher, lässt selbst die blutigsten Konturen des Krieges etwas milder erscheinen, vielleicht sorgt er auch gegebenenfalls dafür, dass das Sterben nicht so arg schlimm ist. So ist er uns zu einem treuen Begleiter geworden, ein echter Kumpel nahezu, selbst wenn er noch so sauer schmeckt.

Ich nehme wieder einen langen Schluck. Dann, im selben Augenblick, als wir uns Zigaretten anzünden wollen, bricht die Erde auf, fauchend, zischend, Granatwerfereinschläge beackern das Parkgelände, wir ducken uns. Wenig später nutzen wir eine Feuerpause, um an die nördliche Parkmauer zu gelangen, denn irgendwo dahinter müssten unsere Fahrzeuge stehen, müsste sich der Kradschützenzug sammeln. Als wir dort ankommen, blutet Herbert am linken Oberarm, ein kleiner Splitter hat ihn angeritzt. »Kein Problem«, tröstet Geigle ihn, und während wir die Fahrzeuge besteigen, gehen drüben, auf der anderen Straßenseite, wo prächtige Häuser mit beinahe völlig heilen Fassaden stehen, die Fenster auf. Da und dort tauchen Fahnen auf, weiße Fahnen. Was hat das zu bedeuten? Wollen die denn aufgeben, wollen die nicht mehr verteidigt werden, verteidigt gegen den roten Ansturm? Mit seltsamen Gefühlen beäuge ich Geigle und er mich. Diese weißen Tücher, diese Betttücher und Kopfkissenbezüge an Besenstielen. Der Anblick lähmt uns für Sekunden, macht uns betroffen. Wieder bekommt unser Kampfgeist einen Knacks. »Mist ... Sauvolk ...! Verdammt noch mal, gilt das plötzlich nicht mehr?«, fragt Geigle mürrisch. »Was soll nicht mehr gelten?«, gebe ich zurück. »Na ja, Sie wissen schon, das mit dem Spruch, das mit der Kampfparole ›Lieber tot als rot‹.« Ohne zu antworten, vertiefe ich mich in die Karte, suche den neuen

Regimentsgefechtsstand. »Volk ... Sauvolk ... Mistvolk ... Schlawiner«, zischt es durch Geigles Lippen. Dann fahren wir, nach allen Seiten sichernd, los. Wir reden nichts, es ist, als hätte es jedem von uns die Sprache verschlagen. Drei Straßenzüge weiter kommen wir abermals in eine Ruinenlandschaft, das Viertel muss in einem Bombenhagel gelegen haben, die Fahrbahn ist mit Mauerbrocken und Ziegeln, mit Gebälk, Leitungskabeln, Dachrinnen, verkohltem Mobiliar, auch mit abgeknickten Lichtmasten übersät. Und keine Menschenseele lässt sich blicken, nicht mal halbwüchsige Buben oder aufgescheuchte Hunde, hier ist es wie ausgestorben, geisterhaft schier. Wir fahren Schritttempo. Unter den Vorderrädern des Spähwagens zerknirscht eine hölzerne Geschäftstafel mit der Aufschrift »Weine – Liköre – Schnäpse«. Und an einer bis zum Obergeschoss abrasierten Hauswand steht geschrieben: »Siegen oder sterben!« »Stoppt die rote Flut!« »Endlich wieder vorwärts!!« Die offenbar frisch aufgemalte blütenweiße Schrift hebt sich ungeheuer prahlerisch von der tristen brandgeschwärzten Mauer ab, liest sich wie bitterer Hohn. »Siegen ... siegen ...«, murmelt Geigle tonlos vor sich hin, »siegen? Ob das noch klappt? Und wenn nicht, was dann?« Ich sitze neben ihm auf dem Spähwagen und suche nach einer aufmunternden Antwort, schließlich lasse ich es aber bleiben und schaue wieder auf meine Karte, denn irgendwo müssen wir jetzt nach links abbiegen. Auf einmal kracht es, Gewehrschüsse zerhacken die düstere Ruhe zwischen den Ruinen, Querschläger wimmern durch die Luft. Verdammt, sind die Russen jetzt auch hier schon? So rasch wie möglich weiterfahrend, schießen wir zurück, bis ein Grenadier getroffen vom Sozius eines Beiwagens fällt. Dann springen wir ab, um das Feuer aus allen Waffen zu erwidern. »Mann ... Mann!«, schreit einer. »Das sind ja gar keine Iwans, Mann Gottes, das sind ja Zivilisten – Einheimische!« Nach und nach wird es stiller, das Feuer verstummt allmählich, und ich stecke mir eine Zigarette in den Mund. Meine Hände flattern. Betroffenheit und Verwirrung fallen mich an, Zweifel schmerzen mich. Zuerst die weißen Fahnen – und nun werden wir sogar von Zivilisten beschossen, von Leuten also, deren Heimatstadt wir ja verteidigen wollen, um jede Straße ringend. Quälende Fragen geistern durch meinen Kopf, Fragen über Fragen, ohne freilich auch nur eine einzige Antwort zu finden. Gibt es jetzt nur noch Zweifel, gibt es keine gültigen Antworten mehr? Geigle spürt meine Ratlosigkeit und sagt: »Das waren ja gar keine Wiener, bestimmt nicht, wahrscheinlich waren es Fremdarbeiter. Klar doch, das waren Tschechen, ja, und Ukrainer womöglich, freilich, so ist es.« Nachdem wir den Verwundeten auf einem Schwimmwagen verstaut haben, setzen wir unseren Marsch fort. Das unablässige Grollen der russischen Artillerie entfernt sich von Straßenzug zu Straßenzug immer mehr. Dann erreichen wir eine Kommandostelle. Einige Offiziere umstehen den Kartentisch. Die Stimmung auf dem Regimentsgefechtsstand ist gedämpft und apathisch, denn von höherer Stelle ist ein Gegenangriff befohlen worden. Und den spielen wir nun auf der Karte durch, rein theoretisch natürlich, völlig sinnlos, schließlich fehlen dazu sämtliche Voraussetzungen: die Mannschaften, schwere Waffen und die dazugehörige Munition, gepanzerte Fahrzeuge. Es mangelt an allem, und die Übermacht der Sowjets ist in etwa zehnfach. Also warten wir ab, hoffen auf eine Wende, auf einen Wink des Schicksals. Freilich, was gibt es da noch zu hoffen? Und alle einlaufenden Meldungen sind widersprüchlich: »Wien wird bis zur letzten Patrone gehalten!« – »Wien wird geräumt!« – »Wien ist bereits eingeschlossen!« Geigles riesige Feldflasche macht Runde um Runde, denn das Warten zerrt an den Nerven. Der saure Wein ist wie Balsam. Schließlich rollt die russische Dampfwalze abermals auf uns zu – das könnte das Ende sein. Doch dann die Erlösung: Der Befehl zum Räumen der Stadt kommt doch noch. Wir setzen uns also ab, aber wohin? Die Hölle hat nur noch einen einzigen Ausgang, die Ausfallstraße nach Nordwesten, da soll noch ein Schlauch frei sein. In erbittertem Ringen wehrt dort das Panzergrenadierregiment 4 der noch verhältnismäßig kampfstarken »Führer-Grenadierdivision« die pausenlosen Angriffe der Sowjets erfolgreich ab. Hektik ist zwar überall, dennoch baut sich ein Durchbruchsgeist auf, macht nochmals allerletzte Kräfte frei. »Durch, durch«, ist die Parole. Und an diesem Ausgang aus der Hölle befehligt ein junger Regimentskommandeur, Ritterkreuzträger, der »Führer-Grenadierdivision« seine Sturmgeschütze, Schützenpanzerbataillone und einige »Panzer fünf«, er führt nicht nur den Abwehrkampf seines Regiments, sondern versucht auch die hastig durchziehenden Einheiten zu registrieren. Wie ein Erzengel mit flammendem

Schwert schaltet und waltet er hier, ein Erzengel an der Pforte zur letzten Chance, aber auch ein gewissenhafter Buchhalter dieser Tragödie.

Wir kommen tatsächlich durch, wenn auch nicht ohne Opfer, denn die Sowjets halten diesen Schlauch ständig unter Feuer. Auch der alte österreichische General, der vor Tagen noch in der Stadt erfolgreiche Gegenangriffe führte, fällt hier. Aufrecht stehend, mit einem Karabiner im Anschlag, findet er den Soldatentod, einen Tod, den er wohl gesucht hat. Konnte er es nicht verwinden, dass Wien, seine geliebte Vaterstadt, nun vom Feind besetzt ist? Ich zähle die Männer in meinem Zug. Jetzt habe ich noch sechzehn Mann, immerhin, aber hat es in diesem Krieg nicht schon ganze Regimenter gegeben, die letztlich kaum noch diese Stärke aufzuweisen hatten? Dieser Gedanke tröstet mich ein wenig, und ich blicke nochmals zurück: Zahllose Rauchpilze erheben sich über Wien, ziehen bedrohlich himmelwärts, sehen aus wie mahnende Zeigefinger einer überirdischen Hand. Aber wessen Hand könnte es sein – die Hand Gottes oder die des Teufels? »Berlin bleibt deutsch, und Wien wird wieder deutsch!«, sagt Geigle neben mir. »Was?« »Und Wien wird wieder deutsch!«, wiederholt Geigle mit Tränen in den Augen. »Du Hellseher!« Das hört sich auch in meinen Ohren keifend an. Ich drehe mich nochmals um, werfe einen letzten Blick auf die jetzt rauchverhangene einstige Kaiserstadt Wien, von deren Glanz nichts mehr geblieben ist. Ein seltsames Gefühl kommt in mir auf, es ist fast wie Scham, denn wieder geht ein Stück Heimat verloren.

6. Mai 1945. Mitternacht. Über dem österreichischen Weinbauerndorf, das sich an der Donau hinstreckt, liegt eine eigenartige Stille, eine Ruhe, die unnatürlich, fast bedrohlich wirkt. Auf einmal werden verhaltene Zurufe laut, Weckrufe, halblaute Kommandos, und da und dort blinken Taschenlampen flüchtig auf. Schlaftrunkene Männer schälen sich aus ihren Wolldecken, torkeln wie im Traum auf ihre Fahrzeuge zu, ziehen Tarnnetze weg. Eilig tun sie das, wenngleich ihre Bewegungen eher gelassen wirken. Waffen, Munition, Klamotten werden aufgeladen, nach und nach orgeln Motoren an, Funkwagen ziehen überlange Antennen ein, Halbkettenfahrzeuge knirschen, und aus Obstgärten und bogenförmigen Toreinfahrten kriechen dumpf dröhnende Fahrzeuge auf die Dorfstraße. »Los, los, Beeilung! Macht Dampf dahinter, los, Beeilung.« Die eben noch verträumte Ortschaft wird von einer plötzlichen Hektik aufgescheucht. Meckernde Soldaten besteigen ihre Wagen, nehmen mürrisch Platz: Also, auch diese Nacht wird dem Krieg gehören. »Los, los, Männer, macht endlich Dampf dahinter.« Verängstigte Dorfbewohner stehen vor den Haustüren ihrer niedrigen, meist nur erdgeschossigen Bauernhäuser, um diesen nächtlichen Aufbruch ratlos zu beäugen. Scheu sind sie, ganz schicksalergeben, denn nun wissen sie, was die Stunde geschlagen hat: Bald schon werden die Russen in ihre Behausungen eindringen. Und was dann? Kein Wunder, dass sie Hilfe erflehen, Hilfe und Gnade vom Allmächtigen; kein Wunder auch, dass sich ihre Angst damit kaum verjagen lässt, eine Furcht, die entsetzlich ist. Ich gehe zählend an

der sich soeben formierenden Kolonne vorbei. Eine Frau ist mir auf den Fersen. Sie ist völlig aufgebracht, ist wie irr. »Feiglinge ... ihr Feiglinge! Ihr könnt doch nicht einfach abhauen, einfach verschwinden ... uns im Stich lassen ... ihr Schufte!«, schreit sie mit sich überschlagender Stimme. Ich tue so, als wäre ich taub, als verstünde ich kein Wort, versuche dieser Frau aus dem Weg zu gehen, klettere auf meinen Panzerspähwagen, der ganz vorne steht. »Motor anwerfen. Marsch«, schreie ich nach hinten, die Stimme jener Frau aber ist viel gellender, kreischender, so unerhört eindringlich: »Feiglinge ... Schufte ... einfach davonlaufen ...! Was soll denn aus uns werden?« Der aufbrausende Motorenlärm verschluckt ihre bitteren Worte, übertönt den Jammer dieser Frau, die sich verloren und verlassen fühlen mag. Wie ganz Wien, der blutige Häuserkampf seit dem 6. April, in den wir mitten hineingeraten waren. Besonders in Simmering und am Donaukanal, und in der Folge an den beiden Donauübergängen Floridsdorfer Brücke und Reichsbrücke wurde bis zum 13. April um jeden Hauseingang gerungen. In der Nacht von 11. auf 12. April gelang es der Roten Armee, den Donaukanal zu überqueren. Die Einnahme der Leopoldstadt und Brigittenau war dann nur mehr eine Frage von Stunden. Die Schlacht dauerte nördlich der Donau noch bis zum 18. April. Der Kampf um Alland im Wienerwald tobte weiter, sogar noch bis zum 23. April. Doch da waren wir »Feiglinge« bereits abgezogen. Der Kradschützenzug setzte sich am 12. April in Marsch.

Unser letztes Kapitel im Krieg wird von einem mächtigen Feuerzauber aufgeschlagen. Bevor wir den Stadtrand erreichen, erhellt sich der Himmel, eine vibrierende, huschende Helligkeit lässt vielerlei Konturen gespenstisch aufscheinen. Am anderen Ufer der Donau jagen die Russen Leuchtkugeln in die Nacht, denn unsere Fahrgeräusche haben sie unruhig gemacht. Sekunden später verglimmt dieser nächtliche Zauber wieder, verglimmt in ein Nichts. Wir hauen ab. Und diesmal sogar kampflos. Wir ziehen weiter und weiter, schleppen den Krieg wie stinkende Fußlappen mit uns, schleppen ihn gar in die Heimat. Wohin noch? Die Rote Armee ist uns immer hart auf den Fersen – und von Westen rollt die US-Army auf uns zu, unser eigener Operationsraum wird also täglich kleiner, die Lage ist schier ausweglos. Lediglich Österreichs Wald- und Mühlviertel sind noch feindfrei, bieten noch schmalen Raum, und irgendwo im Norden soll die Armee des Feldmarschalls Schörner noch im Kampf stehen. Wir sind am Ende. Dieses dumpfe, nicht zu beschreibende Gefühl hockt mir in den Gliedern, und wir alle fühlen so, wenngleich es niemand so recht wahrhaben will. Gibt es da nicht dennoch eine winzige Hoffnung in uns, gibt es vielleicht trotz allem noch eine Chance? Oder marschieren wir nun wirklich auf das endgültige, auf das totale Aus zu? Der Gedanke daran ist entnervend, ist mehr als bedrückend; wir schieben ihn weit von uns, machen befehlsgemäß weiter. Und niemand wagt sich vorzustellen, wie das sein wird, dieses Aus. Wird man uns zwischen russischen und amerikanischen Panzern aufreiben, zermalmen, wird man uns niederknüppeln – tut sich ein riesiges Loch auf, das uns allesamt verschlingen wird? Mit müden Augen stiere ich auf die schlecht erkennbaren Fahrbahnränder der Sandstraße, die uns nun nach Norden ins Waldviertel führt. Schmal ist sie und kurvig, und es geht ständig bergauf oder bergab. Wir fahren ziemlich langsam. Müde sind wir, hundemüde und ausgelaugt, denn der Russe lässt uns nur selten zur Ruhe kommen. Ja, der ständige Rückzug ist einfach zermürbend. Meine Augenlider sind bleiern schwer, mit Mühe nur kann ich meine Augen noch offen halten. Irgendwann nicke ich ein. »Feiglinge seid ihr ... Schufte ... einfach abhauen ...«, dröhnt es in mir nach, Silbe für Silbe hat sich eingeprägt, und diese Worte schrecken mich auf, mein Gewissen schlägt an: Warum haben wir denn jenes Dorf nicht mehr verteidigt, warum haben wir es den Russen so überlassen? Ich rätsle vor mich hin, überlege, warum wir wohl den Abmarschbefehl erhalten haben. Wir sollen uns von den Russen absetzen, uns nun gegen die US-Army kehren, um deren Vormarsch zu stoppen. Frontwechsel also, und bis dorthin sind nicht besonders viele Kilometer. Seltsam, wie winzig Deutschland nun geworden ist. In Berlin machen sie jetzt Witze. »Der Führer kann von der Ost- an die Westfront mit der S-Bahn fahren – ist doch praktisch.« Für uns ist es derweil völlig unverständlich, dass nun Westen auf einmal »vorn« sein soll, denn Westen war für uns stets »hinten«. Ich begreife nichts mehr, mir ist, als wäre mein Kompass restlos zerbrochen. Unser »heilig Vaterland«, den Glauben daran, den man uns jahrelang von Kindesbeinen an eingebläut hat, das alles soll zerschlagen sein, soll aufhören zu existieren. Es ist, als zöge man uns den Boden unter den Füßen weg. Wir jungen Männer kennen nichts anderes als das Dritte Reich, in dem wir aufgewachsen sind. Dieses mächtige Reich wird ewig sein, haben uns die Nazis vorgelogen. Und wir haben das alles geglaubt in unserem jugendlichen Leichtsinn. Junge Herzen sind leicht zu entflammen. Und jetzt haben wir diese Flammen, einen Flächenbrand haben wir, um uns lodern sie, die Flammen. Ich beginne leise zu heulen, niemand sieht mich.

Wieder klappen meine Augenlider runter, zu müde bin ich, so müde, dass mir schier die Knochen weh tun und die Augen brennen. Doch da patscht »Bärle« ein paar knallige Fehlzündungen in die Nacht. Das macht er immer, wenn sein bulliger 8-Zylinder-Horchmotor bergab auf Schub kommt, beinahe so, als müsste er seine Besatzung mit dieser Knallerei wach halten. »Bärle« ist ein Panzerspähwagen mit einer 2-cm-KW-Kanone, im dienstlichen Sprachgebrauch ist er allerdings nicht »Bärle«, sondern das Sonder-Kfz 223, denn unter dieser Bezeichnung wurde es konstruiert, fabriziert, ausgerüstet, registriert. Und mit seiner bescheidenen Panzerhaut sowie seiner Schnellfeuerkanone soll er mithelfen, den Bestand des Reiches zu sichern. Lächerlich kommt mir das jetzt vor, auch wenn »Bärle« tut, was er kann. Vor mehreren Wochen haben wir ihn zugeteilt bekommen, da sah er noch gut aus, wie neu, glänzend fast, beinahe so, als hätte er sich bislang auf Kasernenhöfen oder gar nur bei friedlichen Paraden herumgetrieben. Vergangenheit ist das, vorbei, jetzt ist er zerbeult und zerkratzt. Und meistens ziert ihn nichts als eine Schicht Dreck. Aller

Glanz ist ihm vergangen, auch er ist inzwischen ein »Rückzugspezialist« geworden. Drei Tage sind wir so auf Westkurs. Wir kommen nicht zur Ruhe, denn nachdem wir aus der Reichweite der russischen Tiefflieger sind, erreichen uns jetzt die amerikanischen Bomber. Wien liegt hinter uns, Linz vor uns. Es sollen die letzten Stunden unseres Soldatendaseins werden.

Es ist ein grauer Morgen im April. Mich fröstelt, und ich schlage den samtgrünen Kragen meines verschlissenen Kradmantels hoch, dann nehme ich einen Schluck Kaffee, der kalt ist und abgestanden schmeckt und auch ein bisschen nach Aluminium. Dabei fällt mir wieder ein, dass wir für »Bärles« Kanone lediglich noch vierzehn Granaten haben. Munition ist in den letzten Tagen knapp geworden, der Sprit noch rarer, vom Mannschaftsbestand gar nicht zu reden, dabei sind wir zwischen den mächtigsten Armeen der Welt eingeklemmt. Klappt die Falle nun endgültig zu? Mich fröstelt noch mehr. Wie haben wir immer gelästert: Die Lage ist zwar beschissen, aber noch lange nicht hoffnungslos! Jetzt hat selbst dieser Spruch keine Gültigkeit mehr, ja, auch das ist vorbei. Was aber gilt dann überhaupt noch? Haben wir eine Überlebenschance? Schlägt uns der Russe tot? Lässt uns der Amerikaner verhungern? Wenn wir weiterleben, was soll aus uns werden? Fast alle von unserem Haufen haben nur »Soldat« gelernt.

Bei Stockerau, zwischen Linz und Wien, erreicht uns der allerletzte Befehl des Oberkommandos der Wehrmacht von Schleswig-Holstein her. Nach einem ehrenvollen Ringen hätte die Wehrmacht stolz die

Waffen niederzulegen. Kapitulation also. Bei uns entspinnt sich auf dem Regimentsgefechtsstand nochmals eine rege Debatte: Was tun? Sich zur Armee Schörner nach Norden durchschlagen, südlich zur »Alpenfestung« vorstoßen, also doch kämpfen bis zur letzten Patrone? Oder – wie befohlen – einfach kapitulieren? Erfahrene Soldaten sind wir längst, alte Hasen. Doch nun stehen wir vor einer völlig neuen Situation. Kapitulieren? Der Begriff ist uns so fremd wie der Klang eines griechischen Wortes, das auf keinem Lehrplan stand. Niemals wurde darüber überhaupt nur diskutiert, undenkbar wäre das gewesen, einfach unvorstellbar.

Dann aber überschlagen sich die Ereignisse. Die Amerikaner rücken auf unseren Bereitstellungsraum zwischen Melk und Krems in breiter Front mit Panzern vor. Uns bleiben nur Minuten, um ein größeres Blutvergießen zu vermeiden. Das Regiment ergibt sich der US-Army, die uns eine alsbaldige Heimkehr zusichert. Welche Rolle spielte es schon, dass wir anschließend tagelang nichts zu essen und kaum etwas zu trinken bekommen? Schließlich sind wir ja ohnehin nicht verwöhnt, und allein der Gedanke an eine Heimkehr lässt uns solche Versorgungsmängel glattweg vergessen. Drei Nächte lang liegen wir auf einer nassen Wiese nahe der Donau. Dann passiert das, wovor wir alle am meisten Angst hatten.

Erschrocken rapple ich mich im ersten Morgengrauen vom Wiesenboden auf und reibe mir die Augen. Ich kann damit gar nicht mehr aufhören, denn was ich sehe, darf einfach nicht wahr sein: Russen. Überall Russen. Ein Alptraum, ein teuflischer

Irrtum? Tatsächlich sind da auf einmal Rotarmisten, zahllose Soldaten der Roten Armee, und sie bilden soeben eine lückenlose Postenkette um das improvisierte Lager auf einer Wiesenmulde, während auf der nahen Straße russische Panzer auffahren. Was ist los? Nochmals wische ich mir den Schlaf aus den Augen, jedoch das Bild bleibt: Überall Russen. Kein Irrtum also, keine Täuschung, und die Amerikaner, von denen wir seit drei Tagen bewacht wurden, ziehen ab.

Mir stockt der Atem. Stumpf und taub bin ich, bis sie dann mit voller Wucht über mich kommt: Angst, eine panische Angst. Verdrücken möchte ich mich, in die Erde verkriechen oder sonst irgendwohin, und auf meinen Lippen formt sich langsam ein Wort: »Sibirien ...!« »Nein, niemals!«, sagt Geigle, der neben mir steht, ganz unvermittelt, und wir glotzen stumm hinüber, hinüber zu den Soldaten mit dem roten Stern. Wir können und wollen es einfach nicht wahrhaben, alles scheint wie verhext, die Gehirne der ausgelaugten Soldaten können diese für sie grausame Realität kaum registrieren. »Sibirien? Nein, ohne mich«, sagt Geigle nochmals. Währenddessen werden die Russen immer zahlreicher. Ihre Waffen schussbereit im Anschlag, umzingeln sie das Feld; sie gehen eher zaghaft vor, so als könne man dem Frieden nicht trauen. Für sie ist es unvorstellbar, dass sie gerade diese Einheit, der wir angehören, völlig kampflos in die Hände bekommen. »Ohne mich«, sagt Geigle wieder. Ich schweige. Was gäbe es auch jetzt noch zu sagen, jetzt, wo alles noch sinnloser geworden ist. In dieser Stunde liegt keiner mehr am Boden, alle haben sich aufgerappelt und brüten vor sich hin. Es ist unheimlich still. Eine jämmerliche Betroffenheit versperrt uns die Mäuler, die Vorahnung auf ein bitteres Schicksal macht sich breit. Und doch, es geschieht nichts, eine Stunde vergeht, dann noch eine. Die Männer fangen allmählich wieder zu sprechen an, sie murren und maulen, Flüche werden laut. »Wir danken unserem glorreichen Führer«, sagt irgendjemand hämisch. »... und den Scheiß-Amis«, fügt ein anderer hinzu. Mit sehnsüchtigem Blick schaue ich zu dem hübschen Bauerndorf hinüber, von unserer Wiese kaum einen Kilometer entfernt. Mein Gott, eigentlich sind wir ja bereits daheim, so nah war ich der Heimat schon lange nicht mehr. Doch unsere nächste Umgebung ist fremder als fremd: ringsum bewaffnete Russen! Und wir selbst haben keine Waffen mehr, haben sie befehlsgemäß beim Ami abgeliefert. Wehrlos ist ehrlos, blitzt es mir durch den Kopf. Ja, so haben wir es gelernt: in der Schule, in der Hitlerjugend, auch in der Truppe natürlich. Wehrlos ist ehrlos? Musste es wirklich so weit kommen? Bis zuletzt haben wir gehofft, geglaubt, gebangt; schließlich war es einfach undenkbar, dass das mächtige Dritte Reich, das Tausendjährige, zerbröckeln und ausgelöscht werden könnte. Freilich, nun ist jegliche Hoffnung tot, so tot, als wäre sie von einer Stalinorgel zerfetzt worden. Ein Gefühl der Armseligkeit überfällt mich, verkauft und verraten komme ich mir vor, mutlos lasse ich mich ins Gras plumpsen. Da sehe ich nur noch Beine um mich, Beine, die jahrelang auf höheren Befehl marschiert sind, marschiert, um eine wahnwitzige Diktatur zu verteidigen. Mir wird beinahe übel. Eine helle

Lautsprecherstimme unterbricht die stumpfsinnige Warterei. Diese Stimme, sanft und beinahe kindlich, kennen wir seit Tagen schon, sie gehört dem dicklichen Ami-Offizier, der bislang alle Anweisungen durchgegeben hat. Mit einem Megaphon in der Hand steht er in einem Jeep, umgeben von anderen Amis und Sowjets: »Soldaten, alle herhören! Die Oberkommandos der amerikanischen und der sowjetischen Armee haben beschlossen, dass ihr, nachdem eure Panzerdivision ausschließlich gegen die Rote Armee gekämpft hat, von dieser übernommen werdet. Ab jetzt kommt ihr in die Obhut der Sowjetarmee ...« Gellende Pfiffe zerreißen die Stille, ohrenbetäubend pfeift und buht es, ein ohnmächtiger Protest bricht an. Für längere Zeit kommt der Ami-Offizier nicht mehr zum Reden, freilich, er hat Zeit, viel Zeit, und allmählich geht den deutschen Soldaten die Luft aus, der Protest verliert an Elan, schließlich kehrt wieder gespannte Ruhe ein. »Mit eurem Verhalten verschlechtert ihr lediglich eure Situation.« Nochmals unterbrechen ihn Pfiffe, vereinzelte Pfiffe aber nur. »Bewahren Sie Ruhe, bewahren Sie Disziplin und Ordnung, dann können Sie mit einem geordneten Abtransport und mit einer entsprechenden Behandlung rechnen.« Indessen ist uns allen klar geworden, dass wir bis Russland, bis weit hinein nach Russland pfeifen könnten, die Sowjets würde das nicht stören, das wäre denen völlig gleichgültig. Der Ami-Offizier, dessen Deutsch so einwandfrei ist, als wäre es seine Muttersprache, fährt fort: »Ihr habt diesen verdammten Krieg begonnen ... ihr habt diesen Scheißkrieg verloren. Dass ihr nun unsere Gefangenen seid, dafür könnt ihr euch bei euren Staatsmännern und Generälen bedanken. Also, ihr werdet nun von der sowjetischen Armee übernommen.« Abermals hebt ein schreiender, ein pfeifender Protest an. Der Ami-Offizier lässt sein Megaphon sinken und wartet. »Offiziere ... Soldaten ... Männer! Seid vernünftig, stellt euch eurem Schicksal. Eine Gefangenschaft ist nicht ewig, ewig ist nur der Tod. Seid dankbar, dass ihr überlebt habt, alles andere wird sich schon richten. Die Rote Armee wird euch nach den Bestimmungen der Genfer Konvention behandeln, das sind Bestimmungen, die internationale Gültigkeit haben. Also tragt euer Schicksal mit Würde, lasst keine Panik aufkommen. Ich selbst kann nur noch sagen: Eine gute Heimkehr für euch alle.« Plötzlich ist es ganz still, kein Schrei wird laut, kein Pfiff. Die Maisonne bahnt sich ihren Weg durch den wolkenverhangenen Himmel. Wir stehen und warten, trödeln von einem Fuß auf den anderen. Es wird kaum gesprochen. Jeder ist mit seinen Gedanken beschäftigt, jeder hat noch eine winzige Hoffnung: Vielleicht machen die Amerikaner ihren Entschluss in letzter Sekunde doch noch rückgängig. Erst um die Mittagszeit geht es dann richtig los: »Dawei! Dawei! Dawei!«, tönt es wie bei einer großangelegten Treibjagd von allen Seiten, zwingend mächtig, jubelnd hört sich dieses »Dawei« an, endgültig ist es, schicksalhaft. Einer Herde Schafe gleich werden wir hingetrieben zur Straße, dabei knallt es etliche Male. Einige machen mit sich selbst Schluss, sie wollen nicht mehr auf die endlose Straße, zu lange währte der ruhelose Marsch, der hinter ihnen liegt, und jetzt fehlt ihnen die Kraft für den Beginn eines neuen, womöglich schrecklicheren Lebens. »Dawei ... dawei ... dawei ...!« Fluchend und maulend ordnen sich die Gefangenen auf der Fahrbahn zu kurzen Marschblöcken, Mann an Mann, dicht an dicht, und dazwischen rangieren russische Panzer. Der ganze Haufen ist in Apathie verfallen, auch Geigle. Ich höre ihn nicht mal atmen, kein Wort kommt über seine Lippen, selbst seine ständig paraten Kalendersprüche sind verflogen, aus und vorbei, er beißt sich auf die Unterlippe. Die Ironie ist zu bitter – was wir oftmals mit allerletztem Einsatz gerade noch verhindern konnten, ist nun Realität geworden: Wir sind bei der Roten Armee gelandet. Und dabei haben wir uns doch wirklich guten Glaubens den Amerikanern ergeben. Auf einmal brummen Panzermotore an, ein röhrendes Spektakel lässt die Luft erzittern, schon fahren die russischen T34 an, bringen die Kolonne in Bewegung. Die Erde bebt, ich spüre mein Herz klopfen, die Panzerketten rasseln, wir fassen Tritt auf dem Weg ins Ungewisse, es geht vorwärts, und vorwärts ist diesmal nach Norden, Richtung Tschechei. Widerstandslos latschen wir dahin. Wir kommen durch Prägarten, einen Marktflecken mittlerer Größe mit Bahnstation, hier verläuft in diesen Tagen noch die Demarkationslinie zwischen der russischen und der amerikanischen Armee. Vor vier Tagen haben wir uns den Amerikanern hier ergeben, die Waffen abgeliefert und unsere Fahrzeuge, wobei die Amis ein irrwitziges Indianergeheul anstimmten. Laut ging es zu, schrecklich laut, zu Schaden kam dabei aber niemand. Und nun stehen dieselben Amerikaner in den Straßen von Prägarten und verfolgen stumm den Abmarsch der Deutschen. Gleich hinter Prägarten legen die Panzer und Begleitfahrzeuge einen Zahn zu, aus dem Marsch wird ein Laufschritt. Vorbei geht es an Sturmgeschützen und Trosswagen, an Schützenpanzern und Zugmaschinen und Kanonen, die vor Tagen noch unsere Waffen waren, und in den Straßengräben liegen Mäntel, Handfeuerwaffen, Decken, Funkgeräte. Zeug über Zeug. Ein erschütternder, ein demoralisierender Anblick, der das Ausmaß der Niederlage erst richtig erkennen lässt. Gewiss, für solche Überlegungen ist jetzt keine Zeit, jetzt geht es einmal mehr ums nackte Überleben, auf der Straße von Prägarten nach Freistadt gilt nur noch eines: Lauf oder stirb! Klirrende und schlagende Panzerketten befehlen ohne Unterlass: Vorwärts! Schneller! Weiter, weiter! So hetzen wir wie ein reißender Fluss dahin, ohne Halt, ohne Pause geht es bergauf und bergab, durch das buckelige Mühlviertel – und das Ziel ist weit. Wo mag es liegen, wo? Lehmiger Staub, dick und beißend, hüllt uns ein, und die Sonne dörrt uns aus. Ausgehungert sind wir seit Tagen schon und ebenso durstig. Ja, der Durst quält uns unsagbar, macht uns fast wahnsinnig. Und wir laufen und laufen. Längst werfen wir jeglichen Ballast ab: Mützen, Koppelzeug, Gasmaskenbüchsen, Rucksäcke, Tornister, Wäschebeutel und Mäntel, selbst Feldflaschen und Kochgeschirre fallen scheppernd auf die Straße, obgleich sie so notwendig und unwiederbringlich sind. Egal, für jedes Pfund brauchen wir Kraft, Kraft, die von Kilometer zu Kilometer nachlässt. Bei jedem Haus, bei jedem Dorf, das in Sicht kommt, schöpfen wir Hoffnung: Wasser. Doch es geht weiter, und nirgendwo lässt sich ein Einheimischer blicken, verschlossen sehen die Häuser aus, verlassen, geisterhaft schier. Wo sind denn die Menschen alle, die Einwohner, unsere Landsleute? Mein Gott, das sind ja gar keine Landsleute mehr, jetzt sind sie wieder Österreicher, denn die Ostmark gibt es nicht mehr, gehört bereits wie das Dritte Reich der Vergangenheit an. Der Ruf nach Einigkeit ist verklungen, und verflogen ist der Rausch von der geschichtlichen Größe, längst sind die Fahnen der Bewegung eingeholt und verbrannt. Geblieben ist lediglich eine unsagbare Leere. Wasser, denke ich, Wasser, und immer wieder: Wasser. Das ist mein einziges Verlangen jetzt, mein einziger Gedanke. Ein Königreich für ein Kochgeschirr voller Wasser. Meine Zunge ist wie ein Fremdkörper, sie ist so hölzern, und meine Lippen brechen fast auf. »Abhauen«, keucht Geigle neben mir. »Was?« »Abhauen!« Vor uns kracht es, peitschende, pfeifende Maschinenpistolengarben übertönen das monotone Malmen der Panzerketten, aber wir hören kaum hin, es berührt uns nicht, wir sind längst zu apathisch, völlig abgestumpft. Wir haben mit uns selbst zu tun, um mitzukommen, um auf den Beinen zu bleiben, trotzdem sehen wir die drei blutjungen Soldaten, die wohl die Nähe einer langgestreckten Kegelbahn für eine Flucht ausnützen wollten. Nun liegen sie vor der Kegelbahn, ihre Rücken sind durchlöchert, und ihre Tarnanzüge färben sich rot. Nur einer von ihnen scheint noch am Leben zu sein, er windet sich am Boden, seine Hände umspannen den Bauch, aus dem das Gedärm herausquillt. Sein Mund bewegt sich wie der eines Fisches, er schnappt nach Luft, während er mit glasigen Augen hilfeheischend um sich schaut. Hilfe aber gibt es keine, niemand ist da, der helfen, stützen, verbinden, tragen könnte – oder gar einen Zuspruch leisten. Gehetzte sind wir, Geschundene, die nicht wissen, wie lange sie noch durchhalten können. Bloß nicht stolpern, bloß nicht schlappmachen, sonst ist es aus. Unsere Bewacher geben kein Pardon: Wer ausschert, wird abgeknallt, wer absackt, wird vom Moloch Kolonne zertrampelt, vom Panzer in den Boden gewalzt. Die Angst hält uns gerade noch aufrecht, eine teuflische Angst lässt uns weitertraben. Und immer wieder geht es bergan. Wir japsen, unsere Schritte werden kürzer und schlurfender, während die Sonne gnadenlos brennt. Wenn es doch regnen würde! So aber beißt der lehmige Staub in den Augen, setzt sich auch an den trockenen Lippen fest. Ich habe keine Tränen mehr.

Nicht einmal nachts lässt uns der Russe ein bisschen Ruhe. Es geht immer weiter. Unserer Bewacher wechseln sich ab – aber, und das gibt uns ein wenig Hoffnung, ihre Zahl nimmt fast mit jedem Kilometer ab. Immer mehr Russen werden aus der Marschkolonne abgezogen. Plötzlich sind nur noch zwei Panzer zu sehen, einer an der Spitze der Kolonne, einer am Ende. Ein halbes Dutzend Russen sitzen auf jedem, die Waffen schussbereit in bester Position. Abhauen wäre Selbstmord. Noch. Dabei wären wir in einer riesigen Überzahl, unbewaffnet zwar, aber was könnten die paar Russen jetzt gegen unsere Masse ausrichten. Sicher, ein paar von uns würden sie töten, doch dann wären wir am Ruder. Der Gedanke an Flucht will uns nicht aus den Köpfen schwinden. Und wieder sagt Geigle: »Jetzt! ... Oder nie!« Und genau in diesem Augenblick kommt uns der Zufall zu Hilfe. Dem russischen T34, der uns vor sich herhetzt, reißt die Kette. Er bohrt sich mit einer kreischenden Drehung in die Böschung, steht abrupt. Die auf ihm postierten Fahrgäste purzeln in den Straßengraben. Plötzlich herrscht großes Durcheinander, die Kolonne zieht sich auseinander, der Führungspanzer ist nicht mehr zu sehen – und Geigle rennt. Er ist beim Abhauen der Schnellste. Ohne zu überlegen renne ich hinter ihm her. Bis die Russen zum Schuss kommen, haben wir fast den Waldrand erreicht, es geht um Sekunden. Dann peitschen die Schüsse. Die Russen zielen schlecht. Halb gebückt rennen wird durchs Unterholz, Dornen und Äste im Gesicht. Weg, nur weg von hier. Ich höre Geigle tief atmen, dann fällt ein letzter Schuss, blind abgegeben einfach hinein in den Wald. Er trifft Geigle am Oberschenkel. Ein glatter Durchschuss. Musste das jetzt noch sein? Geigle rennt wie irre weiter, ich immer hinter ihm her in die Dunkelheit hinein. Und dann ist Geigle verschwunden. Leise rufe ich ihm nach, kein Wort kommt zurück. Verzweiflung packt mich, als ich unter einer großen Kiefer, deren Wipfel abgebrochen ist und am Boden liegt, Schutz suche. »Sibirien findet nicht statt«, ist das Letzte, was ich denke. Dann schlafe ich ein.

Morgengrauen. Die Konturen der Bäume um mich herum werden deutlicher, sie wachsen wie Riesen aus dem Erdboden. Von Angst geschüttelt wache ich auf. Von Geigle keine Spur. Er kann nicht weit sein, denke ich mir. Mit seiner Verwundung wird er sicher nicht weit marschiert sein. Kann er überhaupt noch laufen? Bestimmt hat er sich wie ich hier im Wald versteckt. Ich beginne damit, den Wald um mein Nachtlager herum in immer größeren Kreisen zu durchstreifen. Leise, vorsichtig. Ich muss ihn finden, alleine bin ich verloren. Nur zu zweit haben wir eine Chance, den Russen zu entkommen. Abwechselnd schlafen und wachen, sich Mut zusprechen. Ich brauche Geigle. Dieses verfluchte Alleinsein. Meine Verlassenheit zermürbt mich bei jedem Schritt mehr, sie überdeckt sogar Hunger und Durst. Ich beschleunige meine Schritte, suche viel schneller, hastiger. Und dann packt mich das Entsetzen. Dort drüben hinter einem Busch liegt ein großer, nasser Sack. Es ist Geigle. Ich schaue ihm starr vor Angst verständnislos ins Gesicht. Er rührt sich nicht mehr. Seine Augen sind geschlossen. Seine Uniformhose, sogar seine Tarnjacke haben das schwarze Blut aufgesogen. Ich lege meine Hand auf seine Stirn. Sie ist weiß und eiskalt wie Marmor. Geigle ist längst tot. Verblutet. Ich beiße mir auf die Unterlippe, bis ich mein Blut schmecke, dann denke ich an zu Hause und knie mich neben meinen toten Freund hin. »Vater unser, der du bist im Himmel.« Meine Augen werden feucht. Dann nehme ich seine Erkennungsmarke, seine Abzeichen von der Brust, sein Soldbuch, sein Taschenmesser, das er wie seinen Augapfel gehütet hat. Ich lasse Geigle liegen, was soll ich sonst auch tun, wanke durch den Wald von dieser traurigen Stätte weg. Wenn sie ihn irgendwann finden, den Geigle, werden sie ihn verscharren wie einen Hund, denke ich mir. Und dann mache ich mich auf den Weg. Wohin? Ich weiß es nicht, es ist mir egal. Alles ist mir jetzt egal.

Und wieder hilft mir der Zufall. Es ist kurz vor Einbruch der Dämmerung, ich habe die höchste Stelle eines kleinen Berges erklommen, liege auf einer Anhöhe inmitten einer Buschgruppe und kaue versonnen auf einem Grashalm herum. Bitter schmeckt das Gras, gallig fast. Verwundert blicke ich auf eine große Stadt hinab, durch deren Randbezirke sich ein behäbiger Strom zieht. Diese Stadt dort unten kann nur Linz sein, jetzt bin ich am Ziel, am langersehnten Ziel. Und ich schaue und schaue, nehme diese Stadt aber kaum wahr, weil mir so flau ist. Ich bin so ausgemergelt, dass mir sämtliche Knochen schmerzen. Ich spüre keinen Hunger, auch den Durst nicht, nur schlafen möchte ich, immer und ewig schlafen. Jetzt einen Gedanken zu fassen macht mir Mühe. Zahlen schwirren in meinem Gehirn herum, Daten, Namen, Gesichter, Befehle, Erinnerungen, Wortfetzen. Ich will mich konzentrieren. Ob heute der siebzehnte Mai ist oder der achtzehnte, versuche ich zu überlegen, und ob ich von meinem toten Kameraden Geigle zwei oder drei Nächte bis hierher gebraucht habe. Tagsüber habe ich mich verkrochen, habe aus der Entfernung, von bewaldeten Hügeln herab, russische Soldaten und Kolonnen beobachtet, habe sie fluchen und singen gehört. Und immer ist mir dann ein kalter Schauer über den Rücken gerieselt: Nur nicht erwischen lassen. Nachts bin ich gewandert, bin den Gehöften und allen Ansiedlungen aus dem Weg gegangen. Einmal musste ich ein Flüsschen, die Feldaist, durchwaten. Bauchtief war das Wasser und saukalt. Und aus jedem Bach, aus jedem Rinnsal soff ich, um meinen hungrigen Magen zu füllen. Schließlich hatte ich auch keine Zigaretten mehr, da kamen Augenblicke, in denen ich einfach aufgeben wollte. Die Angst, diese entsetzliche Furcht von den Russen hielt mich letztlich davon ab, ließ mich immer wieder weitergehen. Jetzt bin ich am Ziel – aber warum freue ich mich nicht? Gedankenverloren greife ich mir an die Tasche, um eine Zigarette anzuzünden. Ich habe längst keine mehr. Na, nun werde ich ja bald bei den Amerikanern sein, da gibt es genug, auch an Verpflegung und Kleidung herrscht bei denen kein Mangel, die haben alles in Hülle und Fülle. Was muss dieses Amerika für ein Land sein, denke ich mir, und zum Glück sind die Amis auch »Westler«, also sind sie gar keine echten Feinde, höchstens Gegner. Und sie sind bestimmt fair, vor ihnen braucht man sich nicht zu ängstigen. Da gebe ich mir einen Ruck, rapple mich auf, um erneut anzutraben. Es geht bergab. Mit reichlich gemischten Gefühlen strebe ich nun der Vorstadt von Linz zu, Neugier füllt mich ganz aus, auch Hoffnung, die Hoffnung auf ein anderes, auf ein neues Leben. Und mit zwanzig Jahren liegt es gewiss noch vor mir, denke ich, und meine Schritte werden länger und schneller.

Ich gehe immer noch weitab der Straße, einfach querfeldein – nur nicht zu früh schnappen lassen! Wer weiß, vielleicht laufen auch hier noch russische Patrouillen umher, also erst mal sehen. Ich krieche durch Hecken und klettere über Zäune, schleiche mich durch Obstgärten, mache um Häuser einen Bogen. Dann wird die Besiedlung dichter, nimmt nahezu einen städtischen Charakter an, allmählich wird es unvermeidbar, anderen Leuten zu begegnen. Seltsam nur, dass sie mich so auffällig mustern, so verdutzt anglotzen und doch so tun, als sähen sie mich nicht. Das berührt mich merkwürdig, in meiner eigenen Haut komme ich mir plötzlich fremd vor, so unheimlich fremd. Am liebsten würde ich wieder umkehren, doch wohin könnte ich schon? Und ich möchte doch zu den Amerikanern, mich der US-Army stellen. Auf einmal, ganz unversehens, heftet sich eine Schar Kinder an meine Fersen, sie folgen mir lärmend und schreiend, als hätten sie eine unglaubliche Entdeckung gemacht. Und die Kinder werden bald mehr, sie klettern über dieselben Zäune, sie scheinen begeistert zu sein von dieser Abwechslung: Ein völlig Fremder ist in ihrem Revier, noch dazu einer in kriegsmäßiger Uniform, wo sie doch seit mehr als einer Woche nur noch US-Soldaten sehen, Soldaten also, die zwar Unverständliches reden, dafür aber Kaugummi und Schokolade und Zigaretten verschenken. Und der, dieser verdreckte, unrasierte Kerl im verluderten Kampfanzug, hat der womöglich auch was zum Verschenken? Verständlich, dass die Buben neugierig sind, mir hinterherlaufen wie einem exotischen Bärentreiber – oder eben einem Strolch, dem man nicht trauen kann. Ich renne los, um die Bande abzuhängen, aber es gelingt mir nicht. Die Kinder jubeln vor Spaß. »Nazi ... Nazi ... Nazi ...«, tönt es plötzlich hinter mir, zwar ist es zunächst bloß eine Stimme, gleich aber fällt die gesamte Horde ein: »Nazi ... Nazi ...!« Wie ein gelernter Sprechchor klingt das, frenetisch laut. Fenster öffnen sich, Gesichter tauchen auf, viele Fenster, viele Gesichter. Ich schäme mich, plötzlich bin ich im Blickpunkt zahlloser Augenpaare, fühle mich, als stünde ich nackt auf einer riesigen Bühne. Sekundenlang lähmt mich eine Art Lampenfieber – oder ist es Panik? Ich bleibe kurz stehen, renne dann wieder los wie verrückt. Ich weiß nicht, wohin mich meine Schritte lenken. Überall sind Häuser, Gärten, Straßen, Zeilen. Und aus dem Fenster eines Hochparterres kreischt eine Frauenstimme: »Langsam, langsam, junger General, die kriegen dich schon, die kriegen dich noch früh genug!« Wie ein gehetztes Wild laufe ich die Straße entlang, von der immer größer werdenden Kinderschar verfolgt, die nun lauthals schreit: »Äss-Äss ... Äss-Äss ... Äss-Äss!« Gleich einer versunkenen Botschaft tönen die scharfen Buchstaben »SS« auf, hallen von den Hauswänden zurück, was zur Folge hat, dass auch Erwachsene sich diesem Treiben anschließen: »Fangt ihn ... haut ihn ... erschlagt ihn ...!« Die Straße wird zum Rummelplatz. Das Herz pocht, als würde es mir die Brust zerreißen, denn der Schock, dass ich nun von den eigenen Landsleuten gejagt werde statt von den Russen, geht mir zutiefst unter die Haut. Wie ist das nur möglich, ich bin doch in den Krieg gezogen, um diese Menschen zu verteidigen, sie vor dem Feind zu beschützen. Und nun werde ich von ihnen wie ein Tagedieb durch die Straßen getrieben. Meine Müdigkeit, mein Hunger sind wie weggewischt, lediglich Bitterkeit ist in mir, Bitterkeit und hilflose Wut. Ich möchte im Boden versinken oder wegfliegen können, doch ein plötzliches Seitenstechen zwingt mich dazu, meinen Laufschritt einzustellen. Kaum stehe ich, werde ich von unzähligen Neugierigen umringt, so als sei ich ein seltenes Raubtier, und eine dickliche, rotgesichtige Frau drängt sich besonders nah heran. »SS?«, fragt sie. »Erschlagt's den Kerl, die gehören alle erschlagen!« Zustimmender Jubel braust auf. Ich weiß nicht, wie mir geschieht, wie ich reagieren soll. Ich möchte weg, einfach fort von hier, doch ich japse bloß nach Luft. Als ich verzweifelt in die Runde blicke, sehe ich plötzlich einen Jeep daherkommen. Amerikaner. Gott sei Dank, endlich kommen Amerikaner, also Soldaten wie ich, endlich werde ich erlöst von dieser erniedrigenden Hatz. Das Gezeter um mich, das Geschreie flacht allmählich ab, weicht einer Stille. Und alle blicken nun der Jeep-Besatzung entgegen, die langsam, beinahe übervorsichtig heranrollt. Sie sind zu dritt, zwei von ihnen haben ihre kurzen Schnellfeuergewehre im Anschlag. Der Fahrer bleibt sitzen, die beiden anderen kommen wie Pat und Patachon auf mich zu, ein großer Ami und ein kleiner, quirliger Typ mit auffallenden Säbelbeinen. Angst? Nein, ich fühle mich eher geborgen, hebe wie erlöst die Hände über den Kopf. Ich versuche ein Lächeln, aber die Amis nähern sich mit martialischem Ernst. Schon drückt mir der Große die Laufmündung seines Gewehrs unters Kinn, dass es mir den Kopf nach hinten reißt, während der quirlige Typ mit gekonntem Griff nach der Armbanduhr greift. Ringsum wird wieder Gelächter laut, und als es abklingt, schreit eine Frau: »Nicht ... nicht ... nicht schießen! Aufhängen, hängt ihn auf, wär' doch schad' ums Pulver. Hängt ihn doch auf!« Ich kann nicht beobachten, ob die Amis diese Aufforderung verstehen oder wie sie darauf reagieren, denn die Laufmündung unterm Kinn drückt meinen Kopf scheußlich weit nach hinten. Ich sehe nur den Himmel über mir, und der ist blau, so blau wie schon seit Tagen, aber mir ist nun, als würde sich dieser Himmel bewegen, als würde er zu kreisen beginnen. Und dann spüre ich, wie sich fremde Hände meiner Taschen bemächtigen. Der kleine Ami findet allerdings nur Geigles Taschenmesser, was ihn wohl enttäuscht, denn nun zerrt er mir mein Panzerkampfabzeichen und das Verwundetenabzeichen vom Tarnrock.

Wieder jubeln die Zuschauer: »Aufhängen ... aufhängen ... aufhängen!« Und das verdutzt mich so sehr, dass ich meine Hände sinken lasse, schließlich möchte ich fragen: Warum? Da aber knallt mir der lange Amerikaner mit dem Knie direkt in die Hoden. Ich schreie auf, ein irrer Schmerz durchzuckt mich, ein Schmerz, der meinen Körper zu durchsägen scheint, und meine Knie werden schwammig. Ich habe große Mühe, mich aufrecht zu halten. Und als der Ami die Mündung von meinem Kinn wegnimmt, torkle ich wie ein Betrunkener. Wieder bricht in der Menge ein Hallo aus, was die beiden Amerikaner zu neuen Aktivitäten anspornt: Sie gehen einige Schritte zurück und richten ihre Gewehre auf mich. Seltsam, dass ich dabei keine Angst verspüre, dass mir alles gleichgültig ist, fast so, als sähe ich einen Film, der vor mir abläuft. »Nicht schießen, aufhängen!«, schreit eine überlaute Frauenstimme aus der Menge, dann brüllen auch andere: »Aufhängen ... aufhängen ... aufhängen!« Da tritt ein Mann aus der Zuschauerreihe, stellt sich vor die Leute: »Seid ihr verrückt, seid ihr alle wahnsinnig? Wisst ihr überhaupt, was ihr verlangt?« Nun springt auch der Fahrer aus dem Jeep, kommt auf mich zu »Let's go«, sagt er und deutet mit der Hand zu seinem Wagen, aber die beiden anderen Amerikaner protestieren, offensichtlich wären sie lieber für eine Verlängerung dieses eigentümlichen Schauspiels. Sie debattieren also hin und her, laut und ruppig, jedoch der Fahrer setzt sich durch. »Let's go!«, sagt er wieder zu mir, und ich trabe auf den Jeep zu, um mich wie erlöst auf dem Beifahrersitz niederzulassen. Allerdings dauert das vermeintliche Glück nur Sekunden, schon zerrt mich der lange Ami vom Sitz und rempelt mich meterweit nach hinten. »Nicht fahren, laufen sollst du ... laufen ... laufen!«, macht mir der Ami deutlich. Schließlich postieren sich die beiden auf dem Rücksitz, halten ihre Gewehre auffallend wichtig auf mich, dann geht es endlich los. Im Schritttempo zunächst, was die Kinder veranlasst, wieder zu folgen, mit Jubel und Geschrei geht es durch Straßen, gar mancher Passant erhebt seine Hand zur Drohgebärde. Das lässt mich jetzt gleichgültig, denn jetzt bin ich zu matt, einfach zu ausgelaugt, als dass ich es noch richtig wahrnehmen könnte. Mehr als nur mühsam stelle ich Bein vor Bein, und bei jedem Schritt schmerzen mich die Hoden, beinahe so, als wären es Messerstiche. Auf einmal erhöht sich das Tempo, ich quäle mich vorwärts, will nicht schlappmachen, nicht aufgeben, denen ja kein jämmerliches Bild bieten. Nur das nicht! Also rede ich mir gut zu, sporne mich bei jedem Schritt an: Du musst ... du musst ... du musst! So renne ich dahin, laufe durchs Fegefeuer. Auf einmal beginnt die Straße zu schaukeln, und die Häuserzeilen tanzen. In meinen Ohren rauscht und trommelt es, dann wird es schwarz um mich.

Als ich die Augen aufschlage, kniet der Fahrer des Jeeps neben mir und reicht mir eine Feldflasche. Ich rieche starken Bohnenkaffee, trinke, bald spüre ich die belebende Wirkung. Ich blickt mich um, sehe die Gamaschenstiefel der Amis und viele Beine von Zivilisten. Ruckartig stehe ich auf, der Fahrer sagt irgendetwas, es klingt eher freundlich. Jetzt darf ich einsteigen, auf dem Beifahrersitz Platz nehmen, doch schon spüre ich die Laufmündungen der Schnellfeuergewehre im Rücken. Der Fahrer gibt Gas und fährt los. Dann zündet er sich eine Zigarette an und reicht sie mir mit einer verstohlenen Bewegung. Als ich einen langen Zug nehme, wird mir wieder schwarz vor den Augen. Bald kommen wir an eine stark bewachte Donaubrücke, dort werden wir von vielen US-Soldaten umringt, und die beiden auf dem Rücksitz sind mächtig stolz auf ihren Fang. Auf mehrfachen Befehl muss ich aufstehen, erneut bin ich wie ein seltenes Tier aufdringlichen Blicken ausgesetzt – und derben Beschimpfungen. Ich habe immer noch keine Ahnung, was das alles zu bedeuten hat, warum das so ist. Bin ich nicht Soldat wie sie auch? Einer von den Amerikanern drückt mir die Spitze eines Dolches auf die Kragenspiegel, und dann beratschlagen sie, ob sie mich über die Brücke werfen sollen, ja, die Wörter »bridge«, »water« und »swim« verstehe ich recht gut. Ich fühle, wie meine Knie schwach werden, und mein Gehirn arbeitet fieberhaft: Wie kalt mag die Donau sein, schaff ich es bis ans Ufer? Und wo werden sie mich reinschmeißen, am Rand oder in der Mitte? Auf einmal heult der Motor auf, der Fahrer lässt die Kupplung kommen und schiebt so die Umstehenden beiseite. Von Flüchen begleitet geht es weiter, sie fahren ins Zentrum, in die Altstadt.

Der Raum, in dem ich dann lande, ist fürstlich groß, jedoch spartanisch möbliert: ein Schreibtisch, ein Aktenregal von mehreren Metern Länge, eine Zimmerlinde im Eck. Die annähernd raumhohen Fenster wirken ohne Vorhänge beeindruckend kahl. Der edle Parkettboden knarrt. Es ist kühl im Raum, fast kalt. »Es gefällt Ihnen wohl nicht bei uns, was?« Der junge dunkelhaarige Mann, der diese Frage stellt, hat die Beine auf dem Schreibtisch und wippt auf seinem Stuhl artistisch hin und her. Er grinst, und sein Deutsch ist mehr als geläufig, er spricht wie ein gebürtiger Rheinländer. Ich bleibe stumm, ich weiß nicht, was ich antworten soll. »Gut, bei uns gefällt es Ihnen also nicht«, lässt sich der Mann wieder hören. »Ist das der Grund, warum Sie so lange brauchten, um hierherzukommen? Wissen Sie überhaupt, dass Ihre feinen Herren bereits vor zehn Tagen kapituliert haben, und zwar bedingungslos?« Abermals schweige ich, denn was könnte ich dazu schon sagen? »Na ja, Sie kommen spät, aber Sie kommen. Ich möchte jetzt nicht fragen, warum Sie so spät kommen, wo Sie sich herumgetrieben haben. Das bekommen wir schon raus.« Mir wird bang ums Herz. Wenn die merken, dass ich den Russen davongelaufen bin, werden sie mich dann erneut rüberschicken? So bin ich ehrlich froh, dass der Mann plötzlich ein anderes Thema anschlägt: »Sagen Sie mal, haben Sie nicht gelernt, anständig zu grüßen, wenn man ein Zimmer betritt?« Ich bin verdutzt, kann mir den Sinn dieser Frage nicht zurechtdenken, schließlich sage ich: »Doch, ja, jawohl!« »Also, dann grüßen Sie mal schön!« Wieder verschlägt mir die Stimme, ja, wie grüßt man denn jetzt: Heil Hitler geht ja wohl nicht mehr, soll ich nun Grüß Gott sagen oder Servus, vielleicht gar: Ich habe die Ehre, wie man in Bayern und auch in Österreich so halb im Spaß zu grüßen pflegt? Keinesfalls, jetzt ist auch das nicht angebracht, in so einer Situation passt eben gar nichts. »Anscheinend gefällt es Ihnen bei uns also doch nicht, hm? Kein freundliches Wort, nicht mal ein schlichter Gruß ... nein?«, fährt der dunkelhaarige Mann fort, er sagt es gelassen, beinahe freundlich. Na ja, die Amis sind halt doch feine Kerle, denke ich mir gerade, als mein Gegenüber die Beine blitzschnell vom Schreibtisch zieht, aufspringt und nach einem Stapel Fotos greift. »Sehen Sie, sehen Sie ganz genau hin!«, befiehlt er, während er die Bilder wie sensationelle Spielkarten aufmischt und sie mir vors Gesicht hält. Ich bin bestürzt, und Ekel beschleicht mich, denn was ich nun zu sehen bekomme, ist entsetzlich: Menschen, die mehr Skeletten ähneln, Halbverhungerte, Geschundene, Tote. Ein Bild zeigt einen ganzen Haufen Leichen. Und alle diese Menschen tragen die gleiche Kleidung, nämlich breitgestreifte Drillichanzüge. Häftlinge sind das, waren das, KZ-Häftlinge. Ich schlucke, schlage die Augen zu Boden, wegsehen möchte ich von diesem Elend, einfach nicht mehr hinschauen müssen. »Das waren Sie!«, behauptet der Ami, und seine Stimme klingt nun bedrohlich. »Nein!«, wehre ich mich. »Sie waren es, Sie und Ihre sauberen Kumpane. Ihr habt das angestellt. Ihr Verbrecher ihr! Leuteschinder, Mörder, ja, hundsgemeine Mörder seid ihr!« »Nein ... nein!« Ein eigenartiges Gefühl steigt in mir auf, Scham vermischt sich mit Schuld, aber auch mit Zweifel. Ist das ein Trick, ein mieser Trick, eine Irreführung also? Ich weiß nicht, was ich von all dem halten soll, aber ich kann nicht verhindern, dass mir ungeheuer flau wird. Und dann höre ich den Amerikaner wieder: »Sie nicht, die anderen auch nicht, keiner war es, niemand. Dann müssen wir es wohl gewesen sein, wir, die Alliierten.« Er lacht sarkastisch, er lacht und lacht, auf einmal knallt er mir sämtliche Fotos ins Gesicht. Wirbelnd flattern sie aufs Parkett. »Aufheben! Aber fix, ganz fix – sonst ...«, befiehlt der Mann leise. Ich bücke mich, um Foto für Foto aufzusammeln, während der Ami hinterm Schreibtisch wieder Platz nimmt. Mit den scheußlichen Bildern in der Hand steh ich sprachlos und geschlagen mitten in diesem großen Raum. Was soll ich tun, was könnte ich schon sagen, was antworten? Das sollen Kameraden von mir angerichtet haben, meine Kumpels, meine Freunde? Nein, nein, das geht einfach über meine Vorstellungsvermögen, ich kenne meine Kameraden gut genug, ich kann es nicht glauben. Uns wurden ständig Ordnung und Disziplin, aber auch Fairness und Ritterlichkeit gegenüber dem Feind gepredigt. Diese Bilder passen da gar nicht. Alles nur gestellt, denke ich bei mir.

»Nehmen Sie endlich diese Bilder aus Ihren Dreckspfoten!« Als ich die Fotografien nun mit einem bedauernden Achselzucken auf den Schreibtisch lege, habe ich Mühe, das Flattern meiner Hand zu verbergen. »So, nun grüßen Sie mal schön! Und zwar so, wie Sie es gelernt haben, laut und deutlich also.« Ich bleibe stumm. »Was denn, wollen Sie nicht ... können Sie nicht? Was denn nun? Alle habt ihr geschrien, alle, Ja, Heil Hitler ... Heil Hitler und Sieg Heil. Und jetzt?« Der Ami macht eine Pause, sein Grinsen wirkt auf mich teuflisch. »Und jetzt«, fährt er dann fort, »und jetzt möchte ich es hören, und zwar von Ihnen!« Verdutzt stehe ich wie ein Schuljunge vor diesem Mann, den ich kaum einzuschätzen vermag: Zivilist? Beamter? Offizier? Seine Kleidung, ein sportliches, khakifarbenes Hemd, die elegante Hose, diese zivilen Halbschuhe, hat wenig Ähnlichkeit mit einer »richtigen« Uniform. Lediglich auf dem Hemdkragen blitzt ein schmaler Silberbalken. Und ich versuche mich an das Türschild zu erinnern, das ich beim Eintreten gesehen habe. CIC stand dort, drei Buchstaben, mit denen ich nicht viel anfangen kann. »Wird's bald?!«, brüllt mich der Ami an, doch mir ist, als hätte ich eine Sperre in der Kehle, kein Ton kommt über meine Lippen. »Wenn Sie jetzt nicht sofort loslegen, junger Mann, dann erleben Sie etwas.« Ich horche in mich hinein, als ob von dort Rat käme, aber ich höre nur mein Herz klopfen, und jetzt, so scheint es mir, ist es noch einsamer als beim toten Geigle im Wald. Wütend springt der Amerikaner auf. »Los, Mann, legen Sie schon los!« Ich winde mich, offenbar gibt es aber keinen Ausweg, ich muss, schließlich kommt ein zaghaftes »Heil Hitler« aus meinem Mund. Mein Gegenüber tobt, rast auf mich zu, rempelt mich durch den Raum auf die Flügeltür zu und knallt mit seiner Faust auf die geschwungene Messingtürklinke. Draußen, auf dem breiten, endlos langen Gang, sagt er bedrohlich leise: »Nun aber möchte ich was hören, ein lautes, ein zackiges Heil Hitler, und zwar rasch, ganz rasch, sonst ... sonst ...« Abermals zögere ich sekundenlang, dann sage ich: »Heil Hitler!« »Lauter!«, brüllt der Amerikaner. »Heil Hitler!« »Lauter!« »Heil Hitler!« Der Ami ist jedoch keineswegs zufrieden, noch nicht, endlich schreie ich ein ganz lautes »Heil Hitler«. Völlig verwirrt, restlos fertig bin ich und wäre nur zu froh, diese entwürdigende Vorstellung endlich hinter mir zu haben. Schlagartig gehen viele Türen auf, Menschen kommen auf mich zu, die mich neugierig beglotzen. Ich spüre mein Herz im Hals. »Aha, seht, seht, Deutschlands Elite steht vor uns«, sagt jemand, und eine andere, tiefe Stimme fordert mich auf: »Sie können das so schön, lassen Sie es uns nochmals hören!« Als ich wieder ein wenig zögere, packt mich der schwarzhaarige Ami am Kragen: »Los doch, los! Sie wissen, was gewünscht wird, also los!« Verzweifelt blicke ich in die Runde, hämisch grinsende Gesichter sehe ich und keinerlei Erbarmen, genau das mobilisiert in mir Wut, die allerletzte Wut. »Heil Hitler!«, schallt es den Gang entlang, schneidend ist meine Stimme und bevor sie verhallt, haut eine markige Faust auf mich ein. Der Schlag trifft mich am Kinn. Ich taumle, die Gesichter verschwimmen, mir ist, als sähe ich nur noch silberne Balken und Sterne auf khakifarbenen Hemdkragen. Dann gehen mir die Lichter aus.

Als ich die Augen aufschlage, ist es dunkel um mich. Ich liege hart, die Knochen schmerzen, im Gesicht habe ich ein taubes Gefühl. Nur langsam kann ich meine Gedanken sortieren, kommt mein volles Bewusstsein wieder. In der Dunkelheit riecht es nach moderigem Gemäuer und auch nach Kohlen, und im Mund habe ich wieder diesen eigenartigen Geschmack wie im Wald bei Geigles Leiche: Blut. Automatisch taste ich mit meiner Zunge die vorderen Zähne entlang, zwei Schneidezähne vom Unterkiefer wackeln. Ich bin völlig desorientiert, und das macht mich noch unsicherer. Ich will aufstehen, den Raum erkunden, doch dazu fehlt mir die Kraft. So bleibe ich auf einem Haufen Kohlen liegen, es ist mir egal, alles ist mir egal. Ich kenne mich nicht mehr aus.

Nach und nach erinnere ich mich wieder, meine Gedanken beginnen zu kreisen: Warum jagen mich die eigenen Landsleute, warum traktiert man mich so schmählich – und gibt es für Kriegsgefangene keine Rechte und niemanden, der sich dafür einsetzt? Immer wieder denke und frage ich mich das Gleiche, dann aber macht sich der Hunger wieder bemerkbar, Hunger und Durst. Und die Dunkelheit bedrückt mich, auch diese seltsame, einer Gruft ähnliche Stille ist entnervend. Ein Rauschen ist in meinen Ohren, fern und gleichmäßig, auf einmal aber meine ich meinen Vater zu hören: »Heimschleichen wirst du wie ein Hund, ihr alle werdet heimschleichen, denn dieser Krieg ist ja längst schon verloren. Das war er von Anfang an. Ja, wie ein Hund wirst du heimschleichen, wenn du noch kannst ...« Freilich, solche weisen Ergüsse meines Vaters habe ich damals lächelnd abgetan. Wer hört schon richtig hin, wenn Eltern reden, wenn sie Ratschläge erteilen, Erfahrungen weitergeben? Ach ja, die meckern ja ohnehin nur, und außerdem sind sie meistens schon ein bisschen zu alt, die Zeichen einer neuen Zeit zu würdigen. So ist es nun mal, denke ich mir, doch in das Rauschen meiner Ohren mischt sich wieder die Stimme meines Vaters: »Wie ein geschlagener Hund wirst du heimschleichen ...« Da fallen mir die Augen zu, meine Gedanken verlieren sich nach und nach, nur einmal noch bewegen sich meine Lippen: »Wasser ...« Dann spüre ich nichts mehr. Irgendwann zerren sie mich aus dem Keller. Erst drei Jahre später werde ich nach Hause dürfen. Und dabei habe ich noch großes Glück: Gefangenschaft bei den Amis. Sibirien fand nicht statt.

Warum wir kämpfen

Unbekannter Soldat der Ostfront, Heeresgruppe Nord

9. April 1945, Mittag, grauer Himmel, Rauch in allen Ecken und Winkeln, Trümmer, so weit das Auge reicht. Königsberg wird in wenigen Stunden kapitulieren. Die Stadt steht in Flammen: Ein Feuersturm fegt durch die Straßen. Ununterbrochen hört man die Geschosse speienden Stalinorgeln der Russen. Im Zentrum der Stadt toben Straßen- und Häuserkämpfe. Maschinengewehrfeuer verstummt unter zusammenkrachendem, funkensprühendem Gebälk. Und überall Schreie, Hilferufe, Jammern. Wir, ein zufällig zusammengewürfelter Landser-Haufen, finden in der Nähe des Stadttheaters am Paradeplatz Unterschlupf in einem kleinen Gewölbekeller. Die meisten von uns sitzen mit bleichen Gesichtern und starren Blicken herum. Gleichgültigkeit mischt sich mit panischer Angst. Unsere nimmermüde Frontpropaganda löst eine Art Apathie aus. Seit Monaten hören wir immer wieder, wie die Russen töten, massakrieren, vergewaltigen. Die Selbstmordfälle in den eigenen Reihen mehren sich ständig. Franz sitzt mir gegenüber, den Helm ins Genick geschoben, den Karabiner quer über den Schoss. Wir kennen uns

lange, seit drei, vier Wochen – das ist in dieser Zeit lange. Mein Gott, wenn ich auch so aussehe wie er, denke ich bei mir. Er ist geschlagen, wie die ganze deutsche Armee. Franz ist 25, glaube ich. Er müsste ein paar Jahre jünger sein als ich. Als der Krieg begann, waren wir beide jedenfalls junge Burschen, er nach damaliger Rechnung noch nicht einmal erwachsen. Aber zum Kämpfen hat es gereicht.

In unserem Keller haben wir Zeit zum Denken, ein paar Minuten, eine halbe Stunde. Wir starren vor uns hin, grübeln über zu Hause nach, über die letzten Wochen an der russischen Front. Ein paar Stunden Widerstand. Dann zurück. Widerstand und absetzen. Hinhaltendes Kämpfen nennen das unsere Vorgesetzten. Hinhaltend kämpfen, das tun wir tagelang, wochenlang, monatelang. In jeder Kampfpause fallen wir todmüde in den Straßengraben, bleierner Schlaf bricht über uns herein, und uns ist alles, wirklich alles völlig egal. An diese Tage denke ich jetzt hier unten im Keller, kurz vor der Kapitulation. Und stelle mir die Frage: Warum kämpfen wir? Warum haben wir die ganze Zeit gekämpft? Warum hauen wir nicht einfach ab?

Ich erinnere mich an einen brutalen Einsatz, der mich fast das Leben gekostet hätte. Das Jägerregiment, dem ich damals angehört habe, war zum Kampf gegen die jugoslawischen Partisanen eingesetzt. Ich erinnere mich nicht mehr genau an den Ort, es war wohl ein Seitental des Flusses Sutjeska, etwa 60 Kilometer südlich von Sarajewo. Ich hatte mit meiner Gruppe den Auftrag, die Berghänge zu erkunden. In der Nacht waren dort Partisanen gesichtet worden.

Unsere Kompanie musste das Tal so schnell wie möglich hinter sich lassen, um dem Rest des Regiments folgen zu können. Ich ahnte, dass dies ein Himmelfahrtskommando werden würde. Über die Notizen, die ich mir damals nach diesem Einsatz gemacht habe, staune ich noch immer.

In all den Kriegsjahren hatte ich immer einen sehr guten Instinkt für gefährliche Lagen. Deshalb zögerte ich nach der Befehlsausgabe, was meinen Zugführer, Feldwebel Hinterstoisser hieß er, wenig erfreute. Er fragte mich, ob ich Angst hätte. »Die Angst, die Sie meinen, sicher nicht«, gab ich ihm zurück. »Unsere Situation in dieser engen Schlucht ist aber ausgesprochen ungünstig. Das riecht nach Falle, Herr Feldwebel. Aber wenn es mir befohlen wird, gehe ich mit meinen Leuten da eben rein.« Hinterstoisser sah kurz zu Boden und antwortet dann leise: »Dann befehle ich es Ihnen jetzt.« Mit diesen Worten schickte er mich mit meiner Gruppe in die Hölle.

Links und rechts die vollkommen unübersichtlichen, mit großen Felsbrocken durchsetzten Steilhänge, wir ganz unten in der Schlucht, die so eng ist, dass nur in Schützenreihe vorgegangen werden kann. Der Steig geht durch Felsen talwärts, die Seitenwände werden immer höher. Plötzlich kommt vom Oberjäger Arnulf der Ruf: »Oberfeldwebel Maier vorkommen.« Ich renne und sehe noch, wie meine Männer Partisanen aus einer Höhle herausholen. Wir haben sie beim Schlafen überrascht. Immer wieder hört man: »Hände hoch!« Ohne einen Schuss abzugeben, werden sieben bewaffnete Partisanen gefangen. Doch jetzt wird es in den Hängen rechts und links lebendig. Offenbar sind wir mitten in ein Wespennest geraten. Es wimmelt nur so von Partisanen. Schon fallen die ersten Schüsse. Keine 60 Meter über uns streckt eine dunkle Gestalt ihren Kopf über eine Felskante. Der Reinmeier-Schorsch neben mir reißt sein Gewehr hoch und erledigt ihn mit dem einem Schuss. Wie wir später erfahren, war es der einzige Tote des Feindes an diesem Tage, der für uns noch ein ganz blutiger werden sollte.

So schnell wie möglich ziehe ich meine vordersten Männer hinter einen quer verlaufenden Felsriegel zurück. Das feindliche Feuer verstärkt sich zusehends, ihre MGs setzen ein. Es zischt von allen Seiten, aber besonders von links oben aus einer Felsenbarriere. Jeder springt in eine vermeintliche Deckung, doch gegen das Feuer von oben gibt es kaum einen geeigneten Platz. Als Letzter springe ich nach. Die Partisanen nehmen mich jetzt ins Visier. Ich habe ein Mordsglück, dass ich einen größeren Stein finde und in Deckung gehe kann. Nach vorne bin ich durch den Stein gedeckt, nach oben durch einen Strauch gegen Sicht geschützt. Über mir liegt der gefallene Partisan, den der Reinmeier erledigt hat. Schnell ist mir klar, dass das eine hundsgemeine Lage ist. Wir können uns kaum wehren, weil jede Bewegung vom Feind sofort erkannt und durch gezieltes Feuer unterbunden wird. Da schreit auch schon der erste Oberjäger, es ist Arnulf: »Mich hat's erwischt!« Krampfhaft überlege ich, wie ich meine Männer und mich aus dieser misslichen Lage herausbekomme. Einzeln abhauen hat keinen Zweck. Nicht jeder hat so viel Glück, wie ich es soeben gehabt habe, und findet nach jedem Sprung eine Deckung. So bleibt nichts anderes übrig, als zu warten, bis uns die Kompanie Feuerschutz gibt.

Schnell gebe ich Weisung, dass alle in Deckung bleiben sollen, da schreit schon der nächste Verwundete nach einem Sani. Er liegt ein paar Meter unter mir. Arnulf, selbst verwundet, kriecht zu ihm hin und legt ihm einen Verband an. Als er damit fertig ist, rennt er den Steig entlang, wie ich vorher. Der Feind schießt wie verrückt auf ihn. Er rennt an mir vorbei und hechtet in eine Deckung. Später erst erfahre ich, dass er je einen Schuss durch beide Unterschenkel abbekommen hat. Es ist ja auch fast unmöglich, durch einen solchen Hagel von Geschossen zu kommen. Seit über zehn Minuten liege ich nun in meiner Deckung. Jetzt müsste die Kompanie doch endlich gemerkt haben, dass bei uns etwas nicht stimmt. Mit einem wuchtigen Feuerschlag könnte sie uns aus unserer misslichen Lage heraushauen. Sie müssten es doch merken, denke ich. Wir warten und warten – vergeblich. Mittlerweile haben es die Partisanen auf meinen Fuß abgesehen, scheinbar steht er über die Deckung hinaus. Immer wieder schießen sie auf meinen Fuß. Einige Stein- oder Geschosssplitter muss ich schon abbekommen haben, ich spüre, wie Blut aus meiner Hose rinnt. Ich kann nicht nachsehen, denn wenn ich mich bewege, werden sie meine Stellung sofort erkennen. Am besten, ich bleibe unbeweglich liegen und stelle mich tot. Das hat mir in Frankreich, am Oise-Aisne-Kanal, schon einmal das Leben gerettet.

Der Schweiß rinnt mir von der Stirn, tropfenweise versickert er im Sande. Habe ich Angst? Ist es der

Angstschweiß? Vielleicht ist es auch nur die erbarmungslose Hitze. Wenn wir hier liegen müssen, bis es Nacht ist, werden von meiner Gruppe nicht mehr viele übrigbleiben, es sei denn, die anderen haben alle eine bessere Deckung als ich. In den Stunden, in denen ich so liege, habe ich nur einen Wunsch: Wenn es mich erwischt, dann soll es wenigstens schnell gehen. Nur nicht lange leiden müssen. Auf keinen Fall möchte ich schreien müssen, so wie jetzt Werner, der seiner Schmerzen wegen immer wieder nach dem Sani und nach mir schreit. Ich bin der Gruppenführer dieser Männer, und sie sollen mich nicht schwach sehen. Also bloß nicht schreien müssen. Wie haben sie mir bei den Unterführerlehrgängen immer gepredigt: Vorleben, vorleiden, vorsterben. So ein Blödsinn. Jetzt bist du dran, denke ich, und fluche vor mich hin.

Die Kompanie unternimmt immer noch nichts. Rein gar nichts. Mensch, ihr habt doch eine Menge Waffen, MGs, schwere MGs, warum gebt ihr uns denn nicht Feuerschutz? Gottverdammt. Gott? Langsam fange ich zu beten an und schöpfe wieder ein bisschen Hoffnung. Vielleicht plant die Kompanie eine Umgehung des Feindes. Das braucht natürlich Zeit, beruhige ich mich. Fünf Minuten später ist diese Hoffnung schon wieder verflogen. Wir brauchen jetzt Hilfe und zwar sofort; schießen sollen sie endlich. Was ich nicht wissen kann: Der Kompanieführer hat bei Beginn des feindlichen Feuers das Zurückgehen der gesamten Kompanie befohlen, nicht ahnend, dass sich meine Gruppe nicht mehr vom Feind lösen konnte. Wir liegen hier, und jeder Einzelne wartet auf den Tod. Wen mag es schon erwischt haben? Dieses Nichthelfenkönnen ist scheußlich.

Dann kommt Seidinger wie ein Wilder den Steig heraufgelaufen und wirft sich neben mir hin. Er zeigt mir seine linke Brustseite. Blut rinnt ihm zwischen den Rippen hervor. Er stöhnt und versucht, sein Koppel abzulegen. Er wirft Koppel und Gasmaske von sich. Als er sich aufrichten will, rufe ich hinüber: »Bleib liegen, sonst schießen sie dich ab.« »Es ist mir egal«, sagt er, »ich muss doch sowieso sterben!« »Red' keinen Unsinn«, rufe ich ihm zu, »so schnell stirbt man nicht, denke an deine Frau und deine Kinder.« Ich muss dabei zusehen, wie ihm das Blut aus dem Mund rinnt, muss zuhören, wie er zu phantasieren anfängt, und kann doch nicht helfen. Wie lang ist eine Stunde hilflosen Wartens – ein Jahr, hundert Jahre? Arme und Beine sind mir eingeschlafen und tun mir weh. Stunden liegen wir schon so. Karl und Foitshuber rennen den Steig herauf. Es sind meine Melder und suchen mich. Foitshuber sieht, dass bei mir kein Platz mehr ist, und haut sich hinter die nächste Deckung. Karl bleibt neben mir liegen. Schon hat er einen Oberschenkeldurchschuss weg und kriecht in eine Deckung rechts von mir. Er verbindet sich selbst und wird zum Glück nicht mehr beschossen. Zweieinhalb Stunden liegen wir nun fast unbeweglich und warten und hoffen, dass uns die Kompanie heraushaut. Es geschieht nichts. Ich denke daran, dass ich bald heiraten wollte, aber dieser Traum ist wohl ausgeträumt. Ist es Schwäche, wenn ein Mensch in einer solchen Situation betet? Man vergisst es gerne als junger Mensch, aber wenn man so ohnmächtig dem Schicksal ausgeliefert ist, denkt man doch an Gott und bittet um seine Hilfe.

Als ich es mir etwas bequemer machen will und mich bewege, habe ich auch schon einen Streifschuss weg. Es blutet nur wenig. Ich sehe ein, dass ich bis zur Dunkelheit nicht liegen bleiben kann, einmal muss es mich ja erwischen. Vielleicht gibt es weiter oben eine bessere Deckung. Seidinger gibt keine Antwort mehr. Karl ist in seiner Deckung einigermaßen sicher, er kann ja auch nicht laufen. Dann renne ich los. Wieder spritzt es um mich auf, aber treffen tun sie mich nicht. Nach vielleicht zwanzig Metern finde ich hinter einem großen Felsbrocken Schutz. Erst jetzt sehe ich, dass einer meiner Männer auf einem vielleicht zwei Meter hohen Felsabsatz steht. Aufgeregt ruft er mir zu: »Weg hier, weg, sonst schießen sie.« Ich werfe mich in einen Graben hinter mir und finde dort eine gute Deckung. Vier meiner Männer und ein Leutnant, der Kriegsberichter ist, sind hier in Sicherheit. Nur heraus aus diesem Loch kann man auch nicht. Der Mann auf dem Absatz des Felsbrockens ist vom Nachersatz, ein junger Kärntner, wenig über 18 Jahre alt. In seinen beiden Unterschenkeln hat er einen Durchschuss. In seiner Not ist er auf den Absatz geklettert, wo er nicht mehr beschossen werden konnte. Dort steht er nun seit fast drei Stunden blutend. An einer dicken Baumwurzel hält er sich fest. Ich krieche so weit vor, dass ich noch in Deckung bin, mich aber doch mit ihm unterhalten kann, dass er etwas abgelenkt wird. Ich dachte immer, dass er für den Krieg zu jung sei. Aber besser könnte ein Älterer auch nicht aushalten.

Der Kriegsberichter ist ein ruhiger Mann der sich ausgezeichnet hält. Wir bleiben hinter diesem Felsschutz, bis es dunkel wird. Dann hole ich meine noch lebenden Männer zusammen, und wir gehen zurück. Die leichtverwundeten Kameraden nehmen wir mit. Die Schwerverwundeten müssen wir einstweilen zurücklassen, weil wir zu schwach sind, sie zu tragen, und auch keine geeigneten Tragen für sie haben. Noch nie in meinem Leben war ich so fertig, seelisch und körperlich erschöpft. Kaum mehr fähig, uns auf den Füßen zu halten, schleppten wir uns von Rast zu Rast. Fast drei Tage ohne Essen, die Hitze, die Anstrengung, fünf Stunden im feindlichen Feuer, dazu der schreckliche Durst hatten uns alle Kraft genommen. Um zwei Uhr nachts kommen wir an die untere Wasserstelle und stoßen dort auf die untersten Teile der Kompanie. Sofort werden Anordnungen für das Abholen der Schwerverwundeten getroffen. Schnell werden Stangen und Zeltplanen zu Tragen gemacht und das Bergungskommando zieht los. Dann gehe ich zur Wasserstelle, fülle meinen Stahlhelm randvoll und trinke ihn in einem Zug aus. Meine Kameraden schlafen alle schon, als ich mich zu ihnen lege und in einen tiefen Schlaf versinke.

In der Morgendämmerung wache ich auf. Ich habe wieder Durst und trinke Wasser, so viel in mich hineingeht. Ein Stück Ziegenkäse schmeckt prima dazu. Um 7.30 Uhr ziehe ich mit dem Rest des Zuges weiter bergwärts zur oberen Wasserstelle. Es ist ein kleines Häufchen, das übrig geblieben ist. Die Schwerverwundeten bleiben beim Trägerkommando. Die leichter Verwundeten nehmen wir selbst mit. Nach zwei Stunden sind wir an der oberen Wasserstelle. Hier bleiben wir den ganzen Tag. Es ist unbeschreiblich, was in diesen fünf Stunden in der Schlucht passiert ist:

Seidinger:	Lungendurchschuss (er stirbt drei Tage später)
Foitshuber:	drei Schüsse im linken Unterschenkel
Weber:	drei Schüsse in beiden Beinen
Heimerl:	Wadendurchschuss am rechten Bein
Arnulf:	beide Unterschenkel durchschossen
Karl:	Oberschenkeldurchschuss
Freiberger:	Durchschuss linkes Knie
Höck:	Schulterdurchschuss
Baumgärtner:	Durchschuss Fuß und Arm
Jung:	Splitter in beiden Beinen
Veil:	Splitter in der Hand

Damals, in Jugoslawien, war es klar, warum wir kämpften. Nein, nicht für Führer, Volk und Vaterland. Wir kämpften, weil auf uns Verlass sein sollte. Jeder von uns konnte sich auf den anderen verlassen. Das half gegen die Angst und schweißte zusammen. Man war bereit, für das Leben seiner Kameraden das eigene einzusetzen. Außerdem glaube ich, dass es uns zu dieser Zeit auch ein bisschen an Phantasie mangelte. Wir konnten uns nicht ausmalen, was alles passieren könnte. Junge Männer können das nie. Sterben war nicht. Doch das wissen wir heute besser, das weiß ich in diesem verfluchten Keller in Königsberg besser. Ich schaue wieder auf Franz. Er kauert apathisch in einer Ecke. Ich sehe Angst in seinen Augen. Angst vor den Russen, die jede Minute kommen können.

Vielleicht bin ich schon irre, aber ich muss bei dem Gedanken lächeln. Für mich waren die Russen zu keiner Zeit ein Schreckgespenst. Sie sind es auch jetzt nicht. Ich war lange dem Frontabhördienst zugeteilt. Seit dieser Zeit sind die Russen für mich einfach nur Soldaten der anderen Seite die lachen, streiten, flachsen und saufen – so wie wir. Also: Warum Angst haben?

In den letzten Tagen ging ich auf Hamstertour. In den zerstörten Läden Königsbergs fand sich genug Verwertbares. Von Eiern bis zu einer großen Flasche 4711. Plötzlich packt mich ein dringendes menschliches Bedürfnis. Verdammt, gerade jetzt! Also schnüre ich meinen alten Luftwaffensack hinauf auf den Rücken. Drei volle Brotbeutel, zwei jeweils seitlich und einen vor den Bauch hängend, sind meine Ausrüstung. Langsam krabble ich hinaus. Einem Murmeltier gleich schnuppere ich und sehe mit scharfen Augen in die Runde. Gefahrenfrei. Schnell zwischen zwei Betonblöcke, Hose herunter, Erleichterung. Ich blicke nach vorne, oh Schreck, in den Lauf einer Kalaschnikow. Zwei Augenpaare tauchen ineinander. Der junge Sowjetsoldat fängt schallend an zu lachen; er vergisst sogar, auf mich zu zielen, und ich sitze verlegen in der Hocke. Der Russe machte eine Geste zum Ankleiden. Er steht lässig da und sieht mir dabei zu. Dann sagt er grinsend: »Kamerad, ich nix bum bum.« Er zeigte zum Eingang und fragt mich: »Kamerad dort?« Ich nicke: »Du holen Kamerad, ich nix bum bum.« Also gehe ich wieder runter und sage den Männern unten, wie es ist: »Vor der Tür steht der Iwan, und ihr sollt hochkommen. Er schießt nicht.

Hat er mir versprochen.« Sofort sehe ich Angst in ihren Gesichtern. Also gehe ich alleine und pfeifend wieder raus. Dem Russen erkläre ich, dass meine Kameraden vor Angst zittern. Er schickt mich weg zu einer Sammelstelle. Ganz allein marschiere ich los. Jetzt erst, zwischen den Fronten, bekomme auch ich panische Angst. In diesem Augenblick bin ich der Sinnlosigkeit des Krieges ausgeliefert.

Dann sehe ich auf einer Straße eine ganze Menge Landser stehen. Ich gesellte mich zu ihnen. Alle schweigen. Ich maule über die Sinnlosigkeit dieser Schlacht, und sofort faucht mich ein Offizier an: »Ihren Namen! Ich bringe sie vor das Kriegsgericht!« Einige schauen verwundert auf, anderen steht der Untertanengeist ins Gesicht geschrieben. Dann kommen die Russen mit Maschinengewehren. Es beginnen fünf Jahre sowjetrussische Kriegsgefangenschaft. Eine wechselhafte Zeit. Arbeiten in den Wäldern, in Kiesgruben mit tartarischen Wachmannschaften, Gefängnis in Moskau, dazwischen leichte Lagerzeit. Heute weiß ich übrigens nicht mehr, warum wir kämpften.

Von der Streif nach Sibirien

Hans Obermeier, Rosenheim, Jahrgang 1925, Ostfront, Heeresgruppe Mitte

Winter 1944 – wir wussten nur zu gut, wie es um uns stand. Die Nachrichten von der Front und aus den ausgebombten Städten erreichten uns jetzt im schönen Reichenhall immer öfter. Unruhe kroch in uns hoch. Die meisten von uns hofften insgeheim, nicht mehr an die Front zu müssen. Unsere Zeit beim Ausbildungs-Zug des Gebirgs-Jäger-Ersatz-Bataillons 100 ist auch in diesen späten Kriegstagen eigentlich herrlich, weit weg vom Krieg. Untergebracht sind wir im prächtigen Hotel Vötterl. Eine solche Unterkunft werden wir nie wieder bekommen, das schwant uns in diesen Tagen.

Am zweiten Weihnachtsfeiertag bekomme ich Besuch von meiner Schwester. Der Spieß hat in der Schreibstube eine kleine interne Weihnachtsfeier vorbereitet, aber das interessiert mich nicht, ich melde mich ab und gehe mit meiner Schwester, der Hannerl, nach dem Mittagessen nach Reichenhall. Die Sonne scheint, und es ist so kalt, dass wir vor den Mündern große Wolken haben. Bei unserer Rückkehr erfahren wir gleich das Neueste. Es hatte ziemlich Ärger gegeben. Richard Kinzler, der Bekleidungskämmerer, Feldwebel Schmidtke, Krähn und Paierl von der Personalkanzlei und noch andere saßen nachmittags in der Schreibstube und tranken. Sie wurden laut. Zwei Blitz-Mädel, so nennen wir die Nachrichten-Helferinnen, die auf ihrer Uniform einen Blitz tragen, kamen die Treppe herunter, hörten das und warfen einen Blick durch die Glastür. Kinzler bemerkte die zwei und zerrte sie in die Schreibstube herein, sie tranken auch mit. Abends ging der Hauptmann der Blitz-Mädeln in Zivil spazieren, kam am Hotel Vötterl vorbei, hörte das Gegröle, ging hinein, wagte auch einen Blick durch die Glastür und sah die zwei Mädchen bei den Jägern. Sofort rief er sie heraus, Kinzler in seinem Suff wies dem »Zivilisten« die Tür. Der Hauptmann ließ sich das natürlich nicht gefallen, machte sofort eine Meldung ans Bataillon. Das Schlamassel war perfekt. Schon am Tag darauf müssen alle Beteiligten zum Bataillons-Rapport. Kinzler wird als Spieß sofort abgesetzt und zur 1. Ausbildungs-Kompanie versetzt, die anderen kommen mit einem Verweis davon. Feldwebel Lang, ein hinterfotziger Augsburger, wird Hauptfeldwebel-Diensttuer (so lautete die amtliche Bezeichnung), aber das gute Klima in der Kompanie ist ab sofort dahin.

2. Januar 1945, es sollte ein ganz schwarzer Tag für unseren Haufen werden. Um 6.30 Uhr ist in der Hotelhalle Verlese-Appell. Als er vorbei ist, können die Kommandierten wegtreten. Kommandierte, das sind die Schreiber der Schreibstube, der Rechnungskanzlei, der Personalkanzlei, der Bekleidungs-, Waffen- und Gas-Kämmerer, Fourier, Schneider, Schuhmacher und jeder, der sonst in der Kompanie ein Amt hat. Um sieben Uhr kommt unser Oberleutnant Alto

Sausgruber, 24 Jahre alt, aus Ruhpolding, begrüßt die Kompanie, geht aber gleich wieder hinaus, weil ihn Kinzler auf dem Gang gebeten hatte, noch etwas zu besprechen. Der Chef geht also mit Kinzler durch die Schreibstube ins Chefzimmer, eigentlich ein kleines Kämmerlein, schließt die Tür, Kinzler zieht sofort die Pistole, erschießt erst den Chef, und jagt sich dann selbst eine Kugel durch den Kopf. Ich höre die Schüsse, ich bin ja nur durch eine schwache Zwischenmauer vom Geschehen getrennt, schaue Feldwebel Steding, den Rechnungsführer, an, er schaut mich an, zuckt mit den Schultern. Gleich darauf erfahren wir was geschehen ist. Überall Entsetzen. Schnell werfe ich einen Blick in die Personalpapiere von Kinzler, er ist 34 Jahre alt, davon 17 Jahre Soldat, und lebt in Scheidung, kein Beruf. Er hat wahrscheinlich eingesehen, dass der Krieg verloren ist. Beruflich hat er keine Chance, jetzt die Strafversetzung und die Scheidung, da haben wohl seine Nerven nicht mehr mitgemacht.

Sofort wird der Gerichtsoffizier verständigt, aber bis der kommt, wird es halb neun. Das Bataillon verlangt von uns aber, dass die Verpflegungsstärke bis halb acht gemeldet sein muss. Es ist nur ein Telefon da, und das steht natürlich im Chefzimmer. Feldwebel Steding sagt, er könne im Anblick von zwei Toten nicht telefonieren, und so muss ich ran. Eine gruselige Aufgabe. Das ganze Zimmer ist voll Blut. Ich werde den Anblick der beiden Toten niemals vergessen.

Sausgruber wird in Ruhpolding mit allen militärischen Ehren beerdigt, auch unsere Kompanie ist dabei. Kinzler ist im Leichenhaus in Bad Reichenhall aufgebahrt, und hier zieht ihm der Leichenwärter seine schöne Keilhose aus. Der Wächter wird erwischt und noch am gleichen Tag wegen Leichenfledderei zu mehreren Jahren Gefängnis verurteilt. Unruhige Zeiten.

Ruhe kehrt erst nach ein paar Tagen wieder ein. Mir wird angeboten, noch einen Frontalgruppenführer-Lehrgang zu machen und ich stimme wieder zu. Diesmal wird der ganze Lehrgang zusammengezogen, wir kommen in die Gastwirtschaft Grassl nach Untersberg, wieder unter Oberleutnant Büttner. Jetzt geht es ein bisschen anders zu: Vormittags Bau der Alpenfestung, und nur der Nachmittag ist der eigentlichen Bestimmung vorgesehen, der Ausbildung. Mit zehn Mann fällen wir Bäume, die dann für den Bunkerbau verwendet werden. Wir kommen oft in das Haus »Fichtenwald«, das am Rand des Waldes steht, wo wir arbeiten. Es liegt Schnee, es ist kalt, da ist es gut, wenn man sich zwischendurch einmal aufwärmen kann. Der Besitzer hat im Ersten Weltkrieg einen Fuß verloren, ist immer kränklich und erzählt, dass Himmler ganz in der Nähe ein Haus habe.

Nachmittags beim Lehrgang muss abwechselnd jeder eine Gruppe übernehmen und den ganzen Nachmittag führen. Eines Tages, es war das Marschieren nach Kompasszahl dran, bekomme ich eine Gruppe, verschiedene Kompasszahlen und dann geht es auf Marsch. Erstes Ziel sind die Badekabinen am Königssee, andere Ziele folgen, dann kommen wir in die Nähe des Himmler-Hauses. Ich frage meine Leute, ob wir ganz hingehen sollen, alle sagen ja. Ich marschiere also voraus zu dem Haus, mache das Gatter auf, schon kommt ein SS-Hauptmann heraus, zieht ganz unauffällig seine Pistolentasche nach vorn, ich lasse halten, mache Meldung, man merkt, er traut uns nicht ganz. Er fragt mich, wer den Befehl dazu gegeben habe, ich sage: »Oberleutnant Büttner.« Da trägt er mir auf, einen schönen Gruß zu bestellen, und Büttner solle in Zukunft niemand mehr nach dieser Kompasszahl marschieren lassen. Den Gruß richte ich natürlich nicht aus.

Der Lehrgang ist aus, der Skilehrgang anschließend ist auf der Steineck-Hütte bei Kitzbühel. Oberleutnant Kellerhals, der Lehrgangsleiter, ist ein strenger Lehrherr, der keine Schlamperei durchgehen lässt. Er ist ein guter Skifahrer, wenn auch ein Arm infolge einer Verwundung lahm ist. Eines Tages bauen wir vor unserer Hütte Iglus, abends müssen wir hinaus zum Übernachten. Es ist schon frisch, aber mit einer brennenden Kerze kann man die Kälte etwas vertreiben. Gegen Ende des Lehrgangs lässt uns der Oberleutnant die Streif-Abfahrt hinunterfahren. Wir sind noch nicht weit, da überholt uns Kellerhals schon, er war also unten, ist mit der Seilbahn wieder zur Bergstation gefahren und überholt uns. So geht es noch ein paar Mal. Wir brauchen alle so um die 50 Minuten. Ein unvergessliches Erlebnis, mitten im Krieg.

Acht Wochen geht es jetzt mit unserer Ausbildung weiter, und unsere Stimmung sinkt von Tag zu Tag in Richtung Nullpunkt. Die Nachrichten werden immer beunruhigender. Und es gibt immer mehr Ungereimtheiten in unserer Einheit. Die ganze Zeit schon hat man uns um die Jugend- und Höhenverpflegung betrogen. Der verantwortliche Obergefreite ist ein Schlitzohr, er hat wahrscheinlich die Sachen für sich verbraucht oder sie verschachert. Es wird schließlich gegen ihn ermittelt – das Ergebnis bekomme ich nicht mehr mit. Ein Anruf, ein einziger, der über Leben und Tod entscheiden kann. Er erreicht Feldwebel Eisenharter und mich am 15. März. Wir müssen zwecks Abstellung an die Front sofort zum Bahnhof. Eine beängstigende Nachricht. Wir machen uns fertig, gehen zum Bahnhof. Eisenharter trödelt ein wenig, er möchte Zeit gewinnen. Wenn wir heute nicht mehr nach Groß-Gmain kommen, ist der Zug zur Front vielleicht schon weg. Seine Rechnung geht auch fast auf, aber nur fast. Wir bleiben im Soldatenheim über Nacht, aber vor lauter Wanzen ist an Schlaf nicht zu denken.

16. März 1945. Eisenharter und ich fahren mit dem Zug nach Bayrisch-Gmain, er geht immer schlechter, je näher wir zu unserer neuen Kompanie kommen – Beinverletzung. Zum Schluss geht es fast gar nicht mehr bei ihm. Bei der Kompanie heißt es sofort einkleiden, der Lkw wartet auf uns, die Marsch-Kompanie ist schon unterwegs zum Bahnhof Bad Reichenhall. Eisenharter meldet sich sofort zum Arzt. Eine gute Idee muss man eben haben. Mir ist leider nichts Gescheites eingefallen, ich muss mit. Eisenharter bleibt da.

Abends geht es los, über Linz, Prag, Richtung Ratibor – Ostfront. Schlimmer hätte es nicht kommen können. Dort werden wir ausgeladen. Ich komme zur 4. Kompanie des Feld-Ersatz-Bataillons. Ein paar Tage nur, dann suchen sie vier MG-Schützen. Keiner meldet sich. Der Spieß ist wütend, er schreit, wir seien doch schließlich eine MG-Kompanie. Er holt sein Buch und zieht die Namen von vier jungen Leuten heraus, darunter auch meinen. Zehn Minuten später ist Abmarsch zu einer Alarm-Kompanie. Das ist vielleicht ein Haufen. Ehemalige Matrosen, von der Schreibstube welche, Hufbeschlag-Schmiede, alles mögliche, alle von rückwärtigen Diensten, als Kompanie-Führer ist ein Oberzahlmeister eingesetzt. Na, dann gute Nacht.

Mit zwei Lkws werden wir zum Divisions-Gefechtsstand gefahren. Bei einem Bauern hole ich mir einen Spaten, er gibt ihn mir nur, weil ich verspreche, dass ich ihn zurückbringe. Ich habe den Spaten niemals zurückgebracht. Es ist gegen zwei Uhr, als es losgeht mit dem Marsch Richtung Katscher. Unterwegs sehen wir die brennende Zuckerfabrik Groß-Peterwitz, und hier ist auch ein russischer Feuerüberfall, den ich nicht besonders ernst nehme. Als wir aber um fünf Uhr in Katscher ankommen, fehlen 13 Mann. Keiner kommt mehr. Nie mehr. Abends geht es in eine Stellung. Die Leute um mich herum haben wie ich alle keine Ahnung vom Kämpfen – aber ich hab' wenigstens eine gute Ausbildung hinter mir. Deshalb schanze ich bis um drei Uhr früh, die anderen kauern sich so hin. Ich bin noch nicht fertig, da kommt der Befehl zum Absetzen. Diesmal habe ich umsonst geschaufelt.

Mit diesem Alarmhaufen hat man seine Not, wenn geschossen wird, hauen alle ab, ich bin froh, als man Ende März diesen Haufen auflöst. Man weist mich der 9. Kompanie, Regiment 207 zu. Ich erinnere mich, dass viel geschossen wird. Einsätze in oder um Zauditz, Köberwitz, Bolatitz, Granstädt, Küchelna, Beneschau folgen. Am 12. und 13. April gibt es zwei Tage Ruhe. Da kommt der Divisions-Pfarrer Tewes und hält einen Feldgottesdienst. Die Ari schießt über uns hinweg, es ist wie Film. Ministrant macht Leutnant Christ, die Brust voller Auszeichnungen, ein paar Tage später fällt er.

Am 14. abends geht es wieder in Stellung, wieder ist keine Munition da. Zwei Mann müssen sie holen, ich bin natürlich wieder dabei. Von den russischen Lautsprechern tönt dauernd die Aufforderung zum Überlaufen, bis drei Uhr früh hätten wir Zeit. Morgen wäre es zu spät. Es steht uns also was bevor. Unsere Stellung ist gut, unser Loch ist etwas im Hinterhang. Zwanzig Minuten vor fünf kommt der erste Schuss, und dann trommelt der Iwan bis kurz vor zehn, Schuss auf Schuss, aus allen Rohren. Wegen unserer Hinterhanglöcher kommen wir heil durch. Urplötzlich aber wird es still. Wir merken erst viel zu spät, dass die Russen schon auf 200 Meter heran sind, Mann an Mann, ein ganzes Dutzend hintereinander. Gustl schreit, wir sollen abhauen, wir drehen uns um, er fällt, eine Kugel im Hinterkopf. Alle rennen davon, auf ein Wäldchen zu, da kommen russische Panzer heraus, mindestens dreißig Stück, unsere Linien sind schon durchbrochen. Vor mir Albert, unser Schütze zwei, er bricht zusammen, Einschuss hinter dem linken Ohr. Einen Ausschuss sieht man keinen, aber seine rechte Gesichtshälfte liegt neben ihm.

Ich muss weiter, immer weiter, weg von hier. Auf meiner Flucht werfe ich sogar meinen Sturmrucksack weg, ich treffe für ein paar Minuten meinen Spezl, den Peter, dann ist er wieder weg. So komme ich bis zur Ortschaft, hindurch, drüben ein kleines Wäldchen, da treffe ich wieder Bekannte. Wo meine Einheit ist, weiß ich nicht. Einer hat Brot, wir essen etwas. Da kommt ein russischer Fliegerangriff auf das Dorf. Der Iwan haut uns Bomben rein und macht mit Bordwaffen Jagd auf uns. Aber wir haben Glück. Wir gehen über die Straße und neben einem Wäldchen entlang. Plötzlich steht vor uns ein Leutnant, er winkt heran, nimmt uns die Soldbücher ab. Nur gut, dass wir über hundert Landser sind, da kann man von Fahnenflucht nicht sprechen.

Allmählich beruhigt sich die Front, einzelne werden aufgerufen, weggebracht, es geht zu den einzelnen Einheiten. Ich muss lange warten. In dieser Zeit wird direkt über uns ein russisches Flugzeug abgeschossen, der Pilot, der mit dem Fallschirm direkt vor uns herunterkommt, wird noch in der Luft erschossen. Es ist die ohnmächtige Wut unserer Landser. Ich gehe vor, schneide mir ein paar Schnüre und einen Teil vom Fallschirm ab und habe jetzt also eine neue Decke, die mich nachts ein bisschen warmhalten soll.

Die Nacht ist ruhig, am nächsten Morgen geht der Zauber wieder los. Gott sei Dank nicht so wild wie am Tag zuvor. Ein großer Strohstadel, noch halb voll, geht in Flammen auf. In ihm verbrennt ein vorgeschobener Beobachter unserer Artillerie. Ein schrecklicher Tod. Im Laufe des Tages setzen wir uns immer weiter ab. An einem Bahndamm lässt ein Leutnant das Regiment 207 sammeln. Es kommen 35 Mann zusammen – wir waren einmal 600. Von meiner Gruppe bin ich der einzige. Es wird Abend, und ein paar deutsche Panzer kommen vor. Ein gutes Gefühl. Die Besatzungen geben uns belegte Brote, wir haben ja nichts mehr. Als es dunkel wird, kommt die Küche, man kann Essen fassen, so viel man will, es sind ja so viele nicht mehr da. Zigarillos gibt es handvollweise, gezählt wird nicht mehr.

Wir liegen am Bahndamm in der Hoffnung, hier wird die neue Verteidigungslinie aufgebaut, aber dann kommt ein Melder und bringt den Befehl: 300 Meter vor aufs freie Gelände, im Vorfeld eines Hanges. Der Stab hat sich die Stellung so ausgesucht, dass keiner abhauen kann. Alle Proteste, auch die von Oberfeldwebeln, nützen nichts. Also müssen wir vor und schanzen, zum Schlafen bleibt nicht eine Stunde. Beim Morgengrauen geht der Zauber los. Erst einzelne Gewehrschüsse, aber schon bald kommen MGs dazu, auch eine bespannte Pak kommt. Es wird durchgegeben, alles schießt auf die Pak, wenn die zum Schießen kommt, holt sie jeden einzeln aus dem Loch. Wir haben Erfolg, die Pferde des Geschütz-Gespanns gehen durch, und am Geschütz muss etwas nicht mehr in Ordnung sein, es gibt keinen Schuss ab.

Das russische Feuer wird stärker, sie haben eben die bessere Stellung. Einzelne von uns laufen schon rückwärts, da geht wieder eine Meldung durch, vor zehn Uhr darf keiner zurück. Aber was sind das für Befehle, hinten am Kartentisch erdacht, von dem Ort, von dem wir herkommen, ganz vorne, haben die Leute keine Ahnung. Ich beobachte das Ganze, wenn einer zurückläuft, braucht der russische Schütze seine

Schussrichtung nicht zu ändern, ich laufe direkt nach rechts, warte, bis ein anderer aufspringt und das Feuer auf sich zieht, dann springe ich auf. So gelange ich heil bis zu Straße. Wieder warte ich, bis sich die Russen auf einen eingeschossen haben, springe auf, über die Straße, hinhauen, aber da ist fast kein Graben. Ich fange an zu robben und so ganz nebenbei drehe ich mich auf die Seite und schau an mir hinunter. Ein Schauer durchrieselt mich, von einer Eier-Handgranate, die ich an den Patronentaschen habe, ist die Kappe weg, die Zündschnur muss jetzt die ganze Zeit am Boden geschleift sein. Ohne jede Überlegung werfe ich das Ding über die Straße, ob es explodiert, kann ich gar nicht sagen, so stark ist jetzt das Feuer. Ich robbe weiter zurück bis zum Bahndamm. Ab hier kann man aufrecht gehen, andere sind auch auf dem Weg zum Dorf, das unter russischen Luftangriffen schwer gelitten hat, ich schließe mich an. Groß-Krawan, ein Straßendorf, wird durchquert, auf der anderen Seite geht es weiter, es ist keine Führung mehr da.

Gute 200 Meter südlich des Dorfes ein kleiner Graben mit etwas Wasser. Wir sind jetzt zu dritt. Jetzt sehen wir auch einen Reiter im gestreckten Galopp auf uns zureiten, es ist Leutnant Khontz. Im letzten Moment sieht er den Oberjäger mit noch zwei Mann, der rechts von mir geht. Er reißt sein Pferd herum, dem Oberjäger zu, springt vom Pferd, zieht seine Pistole aus der Tasche und setzt sie dem Oberjäger auf die Brust, mit seiner linken Hand reißt er die Schulterkappen des Oberjägers herunter und brüllt diesen an, wenn er nicht sofort Halt mache und nur noch einen Schritt ginge, erschieße er ihn auf der Stelle, er habe sofort in Stellung zu gehen, was die drei auch machen. Das gleich gilt natürlich auch für uns. Khontz will wieder eine Stellung aufbauen. Nach einer Stunde kommt wieder einer, der uns in eine neue Linie einweist, etwas rückwärts. Wieder schanzt sich jeder sein Schützenloch, und während dieser Zeit setzt sich etwa 300 Meter rückwärts, von links kommend, eine Panzereinheit ab. Panzer, Vierlingsflak, Zwillingsflak, andere Fahrzeuge müssen über die Behelfsbrücke fahren, die wir sichern sollen. Nun ist unser Auftrag wieder klar.

Mein Schützenloch ist fertig, die Panzer sind durch, die Sonne scheint stark, ich schlafe ein. Als ich wieder aufwache, ist alles ruhig, hüben wie drüben, die Sonne tut beiden Seiten gut. Nicht lange, da fängt der Iwan wieder an, auf unsere Löcher zu schießen, Munitionsmangel hat er scheinbar nicht, ich habe noch vier Patronen und eine Handgranate. Wieder fangen die ersten an, Richtung Brücke zu laufen. Ich lasse mir Zeit, ein unmittelbarer Anlass besteht ja nicht, der Russe greift noch gar nicht an. Immer mehr laufen zur Brücke, links von mir ist gar keiner mehr, rechts sehe ich noch einen, und der allerletzte will ich auch nicht sein. Das Feuer ist stark, ich brauche so zwanzig Minuten für die 300 Meter. An der Brücke wird es schwierig, auf sie schießt der Iwan Dauerfeuer, in der Brücken-Konstruktion sind die Zündschnüre für die spätere Sprengung schon gelegt, und durchs Wasser will ich vorläufig auch nicht, ich beobachte die Lage.

Immer wieder wird das Überqueren der Brücke versucht, es gelingt auch immer wieder, andere trifft es. Der Iwan schießt sich nun auch mit Granatwerfern ein, jetzt wird es Zeit, ein Satz, ich bin auf der Brücke, so schnell wie möglich darüber, da wirft mir einer einen Stein an den Oberschenkel, das ist jedenfalls mein erster Eindruck, aber gleich merke ich, es rinnt Blut herunter, verwundet. Sani ist keiner da, ich schneide meine Hose auf, besehe den Schaden, der Einschuss ist nicht groß, den Ausschuss kann ich nicht sehen. Einer verbindet mich, dann geht es rückwärts, es geht jetzt leichter, da am Ufer der Oppa Sträucher und Bäume sind, die dann dem Iwan die Sicht versperren.

Ich gehe auf einen Gutshof zu, der Detterbeck-Richard schreit mir noch gute Besserung zu, da sehe ich ein Krad stehen, ich suche den Fahrer und finde ihn in einem Keller, und dieser ist voll von Landsern. Wem das Krad gehöre, frage ich. Ein Oberjäger meldet sich, und ich bitte ihn, mich nach rückwärts mitzunehmen. Scheinbar hat er auf so eine Gelegenheit gewartet, sich nach rückwärts abzusetzen, er macht sich gleich fertig, wir fahren los. Auch hierher schießt jetzt der Iwan, aber unbeschädigt kommen wir im Dorf an, wo die Feldgendarmerie wieder eine Sperre aufgebaut hat. Ein Oberstleutnant der Luftwaffe und zwei Ofw. lassen keinen nach rückwärts, außer er ist verwundet, so wie ich. Der Kradmelder bringt mich zum Verbandsplatz, der Arzt schaut sich die Verwundung an, stellt mir einen Verwundetenzettel aus und erklärt mir, beim nächsten Transport nach rückwärts wäre ich dabei.

Es kommt ein Sanka, ein Schwerverwundeter wird eingeladen, ich muss mich aufrecht hinsetzen, auf einer Backe geht es ja, der Sanka fährt an, hält wieder, die hintere Tür geht nochmal auf, Oberjäger Herbert Schneider von der 4. Kompanie, ein alter Bekannter, steht draußen, auch mit Oberschenkel-Durchschuss. Auch er kann sitzen, so geht es jetzt los zum Hauptverbandsplatz Freiheitsau. Herbert hat noch Brot und Käse, wir machen Brotzeit, keiner der vorbeigehenden Sanis verbietet es uns, bis einer kommt und uns sagt, dass wir jetzt drankommen.

Es muss eine Schule sein, und in einem Klassenzimmer wird operiert. Herbert und ich gehen in den Raum, setzten uns an der freien Seite hin und schauen zu, was sich hier tut: An einem Tisch wird einem das Bein knapp oberhalb des Knies amputiert, am zweiten ein Unterschenkel, auf dem dritten Tisch liegt ein Landser, durch dessen Vorderarm kann man durchschauen, auch dieser Arm wird dann weggeschnitten, am vierten Tisch wird einer operiert. Die ganze Hand eines Arztes ist im Oberschenkel eines Landsers. Da wird wohl eine Kugel gesucht. Der Äthergeruch ist eklig, aber wir müssen warten, bis wir drankommen. Irgendwann heißt es: »Der Nächste!« Ich humple gleich hin, auf den Tisch, festgeschnallt, Äthermaske darüber. Dann zähle ich bis 22 und bin weg. Als ich aufwache, stinkt es furchtbar, ich habe mich vollgekotzt. Vor einer Operation macht man eben keine Brotzeit. Mein Trost: Anderen ist es genauso gegangen. Wir liegen Mann an Mann, der Geruch im Raum ist furchtbar. Divisions-Pfarrer Tewes kommt, spricht mit jedem ein paar Worte.

Mittags werden wir verladen, wir kommen ins Reserve-Lazarett Leipnick. Das ist restlos überfüllt. Zweistöckig liegen die Verwundeten, viele einfach auf dem nackten Gang. Ich kann nicht richtig liegen, nicht richtig sitzen, und gehen kann ich auch schlecht. Schlafen kann ich auch nicht, da ist es ganz gut, wenn einer Witze erzählen kann, und ein solcher liegt in meiner Nähe.

Am 20. April, Hitlers Geburtstag, kommen über den Hof Parteigenossen. Jeder von uns bekommt eine Flasche Wein und Plätzchen. Gegen Ende April hören wir über Radio von der Freiheitsaktion Bayern, Hauptmann Gerngroß hatte den Sender München besetzt und zur Kapitulation aufgerufen. Wir hören, dass die Aktion zusammengebrochen sei.

In der Nacht vom 29. zum 30. April werden wir nach Sternberg verlegt, die Frontnähe zwingt dazu. 1. Mai, Tag der Arbeit, alle, die gehen können müssen in die Aula der Schule, in der wir untergebracht sind. Ich kann nicht gehen, aber die dort gewesen sind erzählen, ein armamputierter Oberleutnant habe eine flammende Rede vom Durchhalten, Geheimwaffen, der Wenck-Armee und vom Endsieg gehalten. Niemand glaubte ihm. Verwundete SS-Leute machen sich Sorgen wegen der eintätowierten Blutgruppe, nicht zu Unrecht, wie sich zeigen sollte.

Der 4. Mai. Bei Sonnenschein werden wir in einen Lazarettzug verladen, wir können es so einrichten, dass Herbert und ich beisammen bleiben, auch diesmal. Total überfüllt setzt sich der Zug in Richtung Westen in Bewegung – aber nur langsam, die tschechischen Eisenbahner streiken. Die Verpflegung ist knapp, die Stimmung gedrückt. Bei der Einfahrt in den Bahnhof Pardubitz steht auf dem Nebengleis ein deutscher Panzerzug, der gerade ein Gefecht mit Partisanen hat. Unser Zug wird wieder herausgezogen und steht. Mist. In einigen Stunden wären wir in Bayern.

Am 8. Mai stehen wir mit unserem Zug auf dem Bahnhof Kolin. Der Leiter des Zuges, Oberstabsarzt Kretschmer, erfährt, dass in der Nähe ein deutsches Verpflegungslager ist. Er organisiert einen Lkw mit Anhänger, fährt hin und kommt vollbeladen mit Schokolade, Tabakwaren und Verpflegung zurück. Schlaraffenland. Einer, der mitfuhr, erzählt, das Fehlen der Ladung sei gar nicht aufgefallen, so voll sei das Verpflegungslager. Vorbeiziehende Soldaten kommen herein, tauschen Pistolen gegen Nahrungsmittel. Nachmittags fährt ein deutscher Soldat, der zufällig ein Lokführer ist, den Zug weiter nach Nimburg. Unterwegs halten schwerbewaffnete Tschechen den Zug auf. Die Pistole in der Hand durchsuchen sie sämtlich Waggons. Was sie suchen, wissen sie scheinbar selbst nicht, Angst haben sie trotz ihrer Pistolen.

In Nimburg ist die Fahrt zu Ende. Zwischendurch wird das Radio eingeschaltet. Alles tschechische Sender, die in deutscher Sprache senden. Es heißt, es gebe vereinzelten Widerstand der Deutschen. SS-Einheiten, die sich irgendwo verschanzt hätten, würden weiterkämpfen. Die Stimmung ist auf dem Nullpunkt, jeder weiß, der Krieg ist fast vorbei – und verloren. Die ganzen Gefallenen, Verwundeten, all die Strapazen, alles umsonst. Und unsere Zukunft? Alles andere als rosig.

Die Nacht geht schlaflos vorüber, es wird hell, der Lautsprecher wird eingeschaltet, Oberstabsarzt Kretschmer hält eine kurze Ansprache. »Der Krieg ist aus, die deutsche Wehrmacht hat heute Nacht bedingungslos kapituliert. Die Russen werden in einigen Stunden hier sein.« Die Amerikaner sind nach seinen Informationen in Lissa, und wer glaubt, dass er es bis dahin schafft, kann gehen. Kretschmer entbindet uns vom Fahneneid.

Unzählige Male haben wohl alle das Kriegsende herbeigewünscht, nun ist es da, aber wir sind in der Tschechoslowakei. Das ist jetzt Feindgebiet. Wie wird das enden? Es wird nicht viel gesprochen, wer kann, zieht seine Uniform an, die Auszeichnungen werden zum Fenster hinausgeworfen, Rangabzeichen, Hoheitsadler, Kragenspiegel, Kokarden, alles wird von der Uniform abgetrennt. Das Ende der einst so stolzen deutschen Wehrmacht. Es bleibt nicht viel Zeit für Überlegungen. Schon bald sind hundert Mann zwischen den Gleisen angetreten, abgezählt, jeder bekommt eine Schachtel Scho-Ka-Kola, und dann marschieren sie ab. Es sind lauter Verwundete, die es an der Hand, an den Armen erwischt hat, solche mit leichten Steifschüssen, alle, die gut zu Fuß sind.

Eine halbe Stunde später sind schon wieder hundert Mann bereit zum Abmarsch, eine Stunde später nochmals das gleiche. Jeder hat eine Heidenangst vor den Russen. Ich bespreche mich mit Herbert, es sollte wenigstens einer gehen, aber er ist seit seiner Verwundung nicht mehr aufgestanden, während ich doch schon öfters in der Senkrechten war. Also mache ich mich auf, wir tauschen die Heimatadressen aus, jeder wünscht dem anderen alles Gute.

Vor dem Zug sind etwa fünfzig Mann, die alle nach Lissa wollen. Scho-Ka-Kola gibt es nicht mehr, es wird abmarschiert, immer dem Gleis nach Lissa entlang. Schon nach kurzer Zeit bin ich allein, mit meiner Verwundung geht es nur langsam vorwärts. In dieser Stunde mache ich den größten Fehler meines Lebens. Ich weiß jetzt: Ich hätte nicht aus dem Zug abhauen sollen. Aber Angst macht eben blind. Die Sonne wird stärker, auch die Schmerzen. Aber ich will, ich muss nach Lissa. Dauernd auf dem Bahndamm zu gehen ist alles andere als angenehm, da kommt es mir gelegen, dass sich von links die Landstraße dem Bahnkörper nähert. Genau kann ich sie noch nicht sehen, Sträucher und Gebüsch verdecken die Sicht, nur zwischendurch sehe ich die Allee, und als diese am nächsten beim Bahndamm ist, gehe ich durch das Gebüsch. Ich muss mich beherrschen, um nicht laut zu lachen. Sechs oder sieben Tschechen stehen auf der Straße, jeder ein Gewehr umgehängt, ein MG in Stellung. Sie bemerken mich und fragen ob ich von der SS bin, ich verneine und so lassen sie einen schwer humpelnden deutschen Soldaten ziehen, wahrscheinlich in der Erwartung, dass ich nicht weit komme.

Doch weit gefehlt. Nach Stunden erreiche ich Lissa. Am Stadtrand stehen einige Frauen am Brunnen, ratschen, ich bitte um Wasser und bekomme es. Weiter geht es in die Stadt hinein. Doch vom Ami gibt es keine Spur. Wie ich an die Hauptstraße komme, rasen einige deutsche Wehrmachtsfahrzeuge durch. Ich überquere die Straße, gerade in eine Sackgasse und in diesem Augenblick fahren zwei deutsche Funkwagen in die Straße, kehren um und im Nu sind dreißig deutsche Landser da. Ein Oberfeldwebel, noch in voller Uniform, steigt aus, schreit, dass er nur noch Platz für zwei Schwerverwundete habe. Er sieht mich und nimmt mich sofort auf. Die Funkwagen sind aufgeräumt, alles voller Säcke, Zucker, Mehl, alles da – Landser auf der Flucht.

Ich bekomme einen Platz am Fenster. Die Anstrengung der letzten Tage waren wohl zu schwer. Als ich in Ohnmacht falle, höre ich noch, wie eine Frau ruft: »Der, der stirbt ja.« Dann bin ich bewusstlos. Als ich wieder zu mir komme, bin ich klatschnass und total am Ende. Die Fahrt geht weiter. Wir hören: Wer bis 18 Uhr noch auf dem Gebiet der Tschechei ist, kommt in Gefangenschaft. Trostlose Aussichten. Am Spätnachmittag treffen wir auf eine Hauptstraße und müssen auf unserer Fahrt nach Westen Halt machen. Alle müssen aus den Fahrzeugen raus, die Hände über den Kopf nehmen. Auf einer Ortstafel sehe ich: Es sind noch 14 Kilometer bis Prag. Auf der Hauptstraße marschieren deutsche Landser als Gefangene in Fünferreihen, die Hände über dem Kopf, und wenn einer die Arme sinken lässt, sorgen die tschechischen Gewehrkolben schon dafür, dass sie wieder in die Höhe gehen.

Mir wird schwarz vor Augen, ich habe den ganzen Tag nichts gegessen. Ich habe hohes Fieber. Aber ich weiß, wenn ich jetzt umfalle, werde ich zertreten. Also schleppe ich mich aus der Ortschaft. Doch dann kann ich wirklich nicht mehr. Ich trete aus der Reihe, torkle Richtung Straßengraben. Mir ist es egal, dass ich jetzt gleich erschossen werde. Dann kann ich endlich schlafen und habe keine Schmerzen und keinen Hunger mehr. Doch diese Gnade erhalte ich heute nicht. Einer der tschechischen Begleitmannschaft kommt zu mir, fragt mich ob ich krank sei. Ich nicke, und er bleibt bei mir stehen. Die Kolonne der deutschen Landser zieht vorbei. Als ich den letzten meiner Kameraden gerade noch am Horizont erkennen kann, kauere ich immer noch im Straßengraben. Da kommen zwei deutsche Laster mit deutschen Fahrern und tschechischer Bewachung. Mein Aufseher lässt halten, ich muss auf die Plane klettern, dann geht es in Richtung Prag.

Die Abendsonne leuchtet über die Stadt. Unser Lkw hält, und ein russischer Jeep biegt um die Ecke mit einem besoffenen russischen Sergeanten am Steuer. Er sieht mich, hält an, reißt seine MP heraus, zielt auf mich und schreit: »Urr, Urr« Ich weiß sofort, was er will, schiebe meine Ärmel hinauf. Ich habe keine Armbanduhr. Er fängt zu fluchen an und fährt einfach weiter. Wir auch, immer weiter in die Stadt hinein. Es geht nach Osten.

An einer engen Straße bewerfen mich tschechische Frauen mit Steinen, nicht einmal da oben auf dem Lkw hat man Ruhe. In Prag spielen sich schreckliche Szenen ab. Es wird auf alles Jagd gemacht, was eine deutsche Uniform anhat. Wir hören Schüsse. Vor unserem Lkw bildet sich eine Menschentraube. Als die Menschen auseinandergehen, bleibt ein deutscher Soldat zurück – tot. Mich bringen die Tschechen zu einer Polizei-Kaserne. Dort sind in einer Reit-Halle bereits einige Deutsche zusammengetrieben. Mir fallen zwei große Kerle auf, jeder hat einen großen Rucksack Verpflegung dabei. Sie sprechen mit niemandem. Es sind bestimmt Offiziere. Die ganze Nacht über werden weitere Gefangene eingeliefert. Um zehn Uhr morgens ist die Halle schon mehr als halb voll. Sie wird jetzt abgeteilt, eine Hälfte wird von den Flüchtlingsfrauen belegt.

10. Mai. Wieder den ganzen Tag kein Bissen Brot, nichts. Immer wieder kommen Tschechen auf der Suche nach Stiefeln, die sie von uns abstauben können. Wenn er Glück hat und die Stiefel noch gut sind, bekommt der Landser ein paar Schuhe dafür. An meinen Bergschuhen ist zum Glück keiner interessiert. In der Nacht kommen die Russen, nehmen die deutschen Frauen mit. Man sieht sie nie wieder.

Auch am 11. Mai gibt es keine Verpflegung. dafür ist die Halle jetzt voll. Ich hungere, dass es mir schwarz vor Augen ist. Erst am 12. Mai abends gibt es eine Zwiebelsuppe. Hundert Liter Wasser, in dem eine Zwiebel gekocht wurde. Das gibt zweihundert Portionen Suppe. Dazu gibt es eine göttliche Scheibe Brot, fünf Millimeter dick. Bei Tag bewachen uns die Tschechen, bei Nacht die Russen. Irgendwann verfrachtet man uns dann zum Prager Stadion, in dem bereits einige Tausend deutsche Gefangene sind. Man befiehlt uns, den Oberkörper freizumachen. »Arme hoch!« Es wird nach SS gesucht. Nachdem keiner dabei ist, kommen wir aufs Spielfeld, wo rund 2500 Mann sind. Es wird uns klargemacht, dass nicht mehr als drei Mann beinander stehen dürfen, sonst schießen die Tschechen, die auf den Zuschauerrängen

MGs in Stellung gebracht haben. Am Tag zuvor haben die Tschechen 23 Mann von der SS, die in einer Ecke zusammengedrängt waren, geholt und gleich hinter dem Stadion erschossen. Landser von der Wehrmacht mussten sie begraben.

31. Mai 1945. Schon um vier Uhr früh wird Essen ausgegeben. Außerdem Marschverpflegung für drei Tage. Ein Marsch nach Teplitz-Schönau, etwas über hundert Kilometer, beginnt. Beim Ausmarsch aus dem Stadion warten schon Zivilisten, und wer noch Stiefel, einen guten Mantel, Rucksack oder irgendetwas Gutes bei sich trägt, wird herausgeholt, das Erwünschte wird ihm abgenommen, und mit einem Fußtritt wird er wieder in Reihe und Glied zurückgestoßen. Erst jetzt haben die Russen endgültig die Bewachung übernommen. Meine Wunde ist fast zugeheilt, aber durch die schlechte Verpflegung der vergangenen Wochen bin ich sehr geschwächt. Schon kurz nach dem Abmarsch wird durchgesagt: »Wer liegen bleibt, wird erschossen.« Ich selbst habe das nie gesehen, aber zum Glauben ist es schon.

Hunger und Durst treiben uns in den nächsten Tagen schier zum Wahnsinn. Aus den Wasserpfützen der Straße trinken welche, es kommt Unordnung in die Ordnung, die Gewehrkolben der Russen sorgen dafür, dass es wieder richtig weitergeht. Am zweiten Tag des Marsches – die Marschverpflegung war am ersten Tag schon verbraucht – suchen zwei russische Posten nach einer Uhr, sie wollen einen Laib Brot dafür geben. Ich habe großen Hunger. Wehmütig blicke ich auf meine Taschenuhr und melde bei den Russen mein Interesse an. Sie führen mich in die Trockenhalle einer Ziegelei, wo wir später auch übernachten, sie lassen sich die Uhr zeigen, nehmen sie und gehen. Ich zerre sie am Arm, sie sollen mir das Brot geben, aber sie lachen nur, geben mir einen Tritt, dass ich am Boden liege, und hauen ab. Nun ist also die Uhr auch noch weg.

Am 3. Juni marschieren wir endlich durch Teplitz-Schönau. Die Straßen sind leer, wir taumeln mehr, als wir gehen, landen schließlich vor den Toren der Zeiß-Werke, wir kauern am und im Straßengraben. Was wird uns die Zeit hier bringen? Ein paar Tage später wissen wir es: Sibirien. Erst 1949 werde ich nach Hause kommen.

Daheim und doch verraten

Helmut Haubner, Feldwebel, Schnaitsee
Bayern 1945

7. Mai 1945. Zu Hause und doch nicht in Sicherheit – was das heißt, musste ich am Tag vor der Kapitulation an meinem Heimatort in Oberbayern am eigenen Leib erfahren. Ich hatte nach meiner sechsten Verwundung Genesungsurlaub bis zum 15. Mai und wusste, dass ich wohl nicht mehr an irgendeine Front geschickt werden würde. Das Ende war überall greifbar. Fast zehn Jahre war ich jetzt Soldat, hatte hautnah das Kriegsgeschehen als Infanterist miterlebt, war von Anfang an beim Einmarsch in Österreich und ins Sudetenland, beim Feldzug gegen Polen und Frankreich mit dabei. In Russland kam ich bis kurz vor Stalingrad und habe den ganzen Rückzug miterlebt. All die Toten, all die Ängste, all die Enttäuschungen und Niederlagen. Wir ahnten in diesen Tagen des Frühjahrs 1945 längst, dass das Nazi-Reich vor dem Untergang stand. Bei uns zu Hause auf dem Hof waren einige Wehrmachtshelferinnen, Genesungsurlauber wie ich und zwei Flüchtlingsfamilien untergebracht. Es herrschte ein ganz schönes Durcheinander. Seit ein paar Tagen kamen auch immer mehr versprengte Soldaten in unsere Gegend. Wir sorgten

dafür, dass auf unserem Hof keine Waffen zu finden waren, was vor allem für die versprengten Soldaten nicht ungefährlich war. Hätte sie ein Greifkommando ohne ihre Gewehre gefasst, sie wären wohl wie viele andere Soldaten wegen Fahnenflucht erschossen worden. Letztlich aber waren die Nachrichten so, dass eher mit den Amis als mit der SS oder einem Standgericht gerechnet werden musste. Auf die weiße Fahne verzichteten wir dennoch aus Vorsicht.

Die Amerikaner waren bereits in München. Gerüchte drangen bis zu uns aufs Land, die Heeresgruppe G, die für die Verteidigung Bayerns gegen die Amerikaner formiert worden war, jetzt aber nur mehr auf dem Papier bestand, habe am 5. Mai in Haar kapituliert. Nachdem wir bereits aus Wasserburg und Rosenheim erfahren hatten, dass die Amerikaner einmarschiert waren, warteten wir stündlich darauf, sie auch zu Gesicht zu bekommen. Und tatsächlich, wie aus dem Nichts standen sie mitten in unserer Stube. Einer richtete die Maschinenpistole auf uns, und wir hoben alle die Hände hoch. Die Amis waren sichtlich irritiert über das Durcheinander an Gesichtern und Uniformen, und die Lage hätte ganz leicht eskalieren können: der Amerikaner mit dem Finger am Abzug und das Mordsgeschrei in der Stube und auf dem ganzen Hof. Zum Glück für uns alle konnte eine der Wehrmachtshelferinnen, sie hatte ein ausgesprochen lautes Organ, etwas Englisch. Sie entschärfte die Lage, und nach einer Hausdurchsuchung, bei der sie keinen Waffen fanden – wir hatten das ganze Zeug hinterm Haus vergraben – fuhren die Amis wieder unverrichteter Dinge ab. Keinen von uns nahmen sie gefangen, obwohl die meisten doch Uniform trugen. Ich hatte zu diesem Zeitpunkt Gott sei Dank schon Zivilkleidung wie in Friedenszeiten an und verrichtete, so gut es mit meiner verletzten Schulter ging, meine Arbeit auf dem Hof.

Am übernächsten Tag, am 9. Mai, also einen Tag nach Kriegsende kamen die Amis wieder und machten auf dem Hof Razzia. Diesmal wurde es ernst. Die Soldaten wurden aufgefordert mitzukommen und packten ihre Sachen zusammen. Ich saß unauffällig in Zivil (ich hatte mein dreckigstes Stallgewand an) auf der Bank vor dem Haus, im Kreise meiner Mutter und meiner drei Schwestern. Mir taten die Männer leid, die jetzt mit den Amerikanern mitmussten. Was würde mit ihnen geschehen? Wann würden sie in ihre Heimat zurückkehren können? Wie würden die Amerikaner sie behandeln? Noch verhielten sich die Sieger sehr anständig. Kaum Gebrülle, keine bösen Mienen. Alles ging sehr ruhig über die Bühne. Gerade als der letzte Gefangene auf die Lastwagen verladen war, fiel mein Blick auf zwei Amerikaner, die mit dem Polen zusammenstanden, der bei uns auf dem Hof gearbeitet hatte. Janek, glaube ich, war sein Name. Eben dieser Janek fuchtelte jetzt mit den Armen, versuchte den beiden amerikanischen Soldaten irgendetwas klarzumachen. Ich verstand zunächst nicht, was das Ganze sollte, dann gefror mir beinahe das Blut in den Adern. Janek zeigte in meine Richtung. Die Amis blickten auf, und ich wusste, was die Stunde geschlagen hatte. Janek hatte mich verraten. Bis heute weiß ich nicht, was ihn dazu trieb. Immerhin haben wir ihn stets gut behandelt, und er war fast so etwas wie ein Familienmitglied geworden – letztlich war er aber doch immer nur Gefangener fern der Heimat geblieben. Jetzt rächte er sich. Gedanken schossen mir durch den Kopf. Flüchten, in letzter Sekunde flüchten. Wenn ich ums Haus käme, es hinten bis zum Wald schaffen würde, hätten meine Häscher keine Chance. Ich kannte jeden Graben, jedes Unterholz, jeden Baum, der mir als Deckung und Versteck hätte dienen können. Meine Wunde war so weit verheilt, dass sie mir kaum noch Schmerzen bereitete, und die zwei Wochen Genesungsurlaub hatten mir eine unbändige Kraft verliehen. Die Amis kamen langsam auf mich zu, düstere Mienen aufgesetzt. Jetzt, Helmut, lauf, jetzt. Doch ich spürte eine innere Last, die mich auf unserer Bank festfrieren ließ. Zehn Jahre Soldat, fünf Jahre Krieg an allen Fronten, den ganzen Wahnsinn überlebt, zu Hause im Frieden und dann doch wieder fliehen müssen, ums Leben rennen. Nein, in dieser Sekunde fehlte mir die Kraft zum Weiterkämpfen. Und was wäre die Flucht anderes gewesen als ein neuerlicher Kampf ums Überleben. Vier Hände holten mich und zerrten mich in meiner Erstarrung zum Lastwagen. Kein Blick zurück, ich war wie gelähmt, hörte meine Mutter und meine Schwestern lamentieren, dann nur mehr die Motoren der Lastwagen.

Als wir an der Gefangenenstelle in Obing ankamen, sahen wir auf der Wiese eine große Ansammlung von Menschen, und die Amis gaben uns zu verstehen, wir sollten uns dort niederlassen. Ich musste mich der Menschensammlung anschließen. Es waren hauptsächlich Soldaten, manche aber auch wie ich in

Zivil. Auch alte Männer und eine ganze Menge blutjunger Burschen waren unter den Gefangenen. Gegen Nachmittag kamen große Lkw-Transporter, und wir wurden verfrachtet. Wir wurden so zusammengepfercht, dass keiner mehr umfallen konnte. Hinten am Lastwagen standen zwei Amis und passten auf, dass keiner von uns verschwinden konnte. Zum ersten Mal sah ich einen schwarzen Soldaten. Die dunkelhäutigen Soldaten fuhren hauptsächlich die Lastwagen. Die Fahrt führte an Endorf vorbei nach Rosenheim, und keiner wusste, wohin es ging. Weiter ging es Richtung Aibling. Ich kannte die Strecke von früher. Auf einmal wurde Halt gemacht, und man holte uns von den Transportern. Wir sahen eine riesige Menschenmenge. In Eiltempo trieb man uns voran, und das nicht gerade sanft. Hier herrschte ein anderes Regiment als beim ersten Zusammentreffen mit den Amerikanern auf unserem Hof. Wir fanden uns auf dem ehemaligen Flugplatz von Aibling wieder. Das ganze, gewaltige Areal war mit Stacheldraht umgeben. Auf den Wachtürmen und am Eingang standen schwer bewaffnete Amerikaner. Durch Lautsprecher wurde bekanntgegeben, wir sollten nicht an den Stacheldraht herangehen, da ansonsten geschossen würde. Zum ersten Mal wurde es für uns Nacht hinter Stacheldraht. Wir schliefen auf der nackten Erde. Tagelang gab es für uns nichts zu essen. Außerdem waren wir unter freiem Himmel untergebracht. Hinlegen konnten wir uns auch nicht, weil der Boden aufgeweicht und dreckig war. Zudem gab es kein sauberes Wasser. Unseren Durst stillten wir nur mit

Regenwasser. Das Schlimmste aber war das Fehlen jeglicher Latrinen.

Irgendwann wurden wir in große Abteilungen zu je 4000 Mann gegliedert. Es waren deutsche Offiziere mit weißen Armbinden, die die jetzt die Leitung über diese Haufen übernahmen. Besserung unserer Umstände trat aber zunächst nicht ein. Ich hatte mir vorsichtshalber eine Zeltplane mitgenommen, und so hatte ich mit ein paar anderen Gefangenen wenigstens einen gewissen Schutz gegen die Nässe. Viele hatten nur ihre Uniform und ihren Mantel an, und einige wenige eine Decke. Anfang Mai 1945 war es nachts und auch bei Tag in unserer Gegend noch recht kalt. Wir dachten immer noch daran, dass wir in einigen Tagen entlassen würden. Aber es vergingen Wochen. Immer im gleichen Rhythmus: Am Morgen gab es einen Becher Kaffee oder Tee, mittags ein wenig Suppe und abends Tee. Außerdem mussten wir lange anstehen, um etwas zu bekommen. 19 Mann mussten sich zwei Pfund Brot teilen, jeder bekam nur eine feine Schnitte. Die kleine Scheibe war gleich aufgezehrt. Der Hunger wurde immer größer. So hungerten wir vor uns hin und froren im Dreck. Ein Gefangener wollte zweimal Essen fassen und wurde daraufhin von den Amerikanern geschlagen. Erst viel später erfuhren wir, dass es uns Gefangenen im Westen geradezu rosig ging, während unsere Kameraden von der Ostfront fast alle nach Sibirien deportiert wurden. Dennoch waren die Wochen in Aibling alles andere als ein Zuckerlecken. Irgendwann erreichte uns die Meldung, dass auf dem Flugplatz 90000 Gefangene zusammengepfercht worden seien. Und tatsächlich. Soweit das Auge reichte war nur Feldgrau zu sehen. Haufen von Menschen, die kauerten, herumstanden, hin- und herwogten. Wie eine gewaltige Herde grauer Rinder, dachte ich.

Es dauerte nicht lange, und wir wurden immer schwächer. Nach zwei, drei Wochen hatten wir keinen Stuhlgang mehr. Als wir aufstanden, wurde es uns sofort schwindelig. Ein Gedanke ließ uns alle nicht mehr los, dass wir hoffnungslos verloren waren, wenn es so weiterging. Jeden Tag gab es andere Gerüchte: Wir sollten in ein ehemaliges Feindgebiet zum Aufräumen gebracht werden und beim Wiederaufbau helfen. Dann gab es eine Nachricht, dass sämtliche »Eisenbahner« entlassen würden – und plötzlich waren alle Gefangenen »Eisenbahner«. Ein andermal gab es die Parole, dass alle »Landwirte« heim durften. Und plötzlich hatte jeder Zweite einen großen Hof zu Hause. Und so vergingen die Tage, und immer gab es neue Gerüchte. Dann kam die Meldung, dass eine ganze Abteilung entlassen würde. Das Gegenteil war aber der Fall: Sie kamen als Arbeitskräfte nach Frankreich. Die Franzosen waren nach vier Jahren Besatzung auf Wehrmachtssoldaten nicht gerade gut zu sprechen.

Der Monat Mai 1945 ging zu Ende, und die Entlassung aus der Gefangenschaft war nicht in Sicht. Stattdessen verbesserten die Amerikaner langsam die sanitären Zustände auf dem Flugplatz. Es wurden Wasserleitungen für eine Dusche verlegt. Auch unsere Abteilung kam endlich an die Reihe. Wir hatten uns wochenlang nirgends waschen können. Das kühle, saubere Nass war eine Wohltat, und ich merkte, wie für kurze Zeit meine Lebensgeister wieder zurückkamen.

Eines Tages sprach sich herum, dass die amerikanische Armee Arbeitskräfte benötigte. Wer sich meldete, sollte mehr Verpflegung bekommen. Ich stellte mich zeitig in der Früh an den Eingang, und tatsächlich wurde ich zum Arbeiten mitgenommen. Wir fuhren mit dem Lastwagen nach Oberaudorf zum Bahnhof und luden Benzinkanister aus. Gegen Mittag waren wir so schwach, dass wir fast nicht mehr arbeiten konnten. Da kam ein amerikanischer Offizier und fragte uns ziemlich übel gelaunt, ob wir nicht mehr arbeiten wollten. Einer von uns konnte Englisch und machte dem Ami klar, dass wir im Gefangenenlager sehr wenig zu Essen bekämen. Daraufhin wurde die Arbeit eingestellt, und ein Fahrer wurde beauftragt, für unser Arbeitskommando Verpflegung zu beschaffen. Welch ein Glück. Es dauerte nicht lange und jeder bekam ein Verpflegungspaket. Dies war so reichhaltig, dass wir es auf einmal nicht essen konnten. Vom Arbeiten völlig am Ende, aber mit vollen Bäuchen kamen wir abends ins Lager zurück.

Auch Anfang Juni war die Verpflegung immer noch sehr wenig, dafür wärmten uns tagsüber die Sonnenstrahlen. Unsere Herzen wurden leichter, und es machten immer bessere Meldungen die Runde. »Die Amis entlassen uns«, hieß es an jeder Ecke. Und tatsächlich: Am 17. Juni kam unsere Abteilung an die Reihe. Wir mussten zu je hundert Mann antreten, wurden vors Lager geführt und mussten alle Fragebögen ausfüllen. Danach wurden wir einzeln verhört und wir mussten den Oberkörper freimachen. Uns war sofort klar, warum. Die Amerikaner suchten nach der SS-Tätowierung am linken Arm. Wer dort seine Blutgruppe eintätowiert hatte, wurden von uns getrennt. Hin und wieder wurden plötzlich Gefangene wie Verbrecher abgeführt – sie trugen einen ähnlichen Namen wie hohe Parteigenossen, hinter denen die Amerikaner noch her waren.

Wir wurden auf Lastwagen verteilt. Zusammen mit Soldaten, die allesamt aus München kamen. Ich kann mich noch gut an den Witz erinnern, den der amerikanische Offizier machte, als die Münchner verladen wurden. In sehr gutem Deutsch lacht er: »München, das war doch eure Hauptstadt der Bewegung. Na, dann bewegt euch mal!« Bei der Abfahrt warfen wir noch einen Blick auf das Lager, und wir sahen noch viele, viele Gefangene. Wir wussten nicht, ob es wirklich in die Heimat ging. Als wir ungefähr zehn Kilometer von Aibling entfernt waren, wurde angehalten. Die zwei amerikanischen Soldaten fragten uns, ob wir eine Uhr hätten, aber keiner hatte noch irgendetwas. Den meisten Gefangenen war bei der Durchsuchung alles abgenommen worden. Der Stopp kurz nach Aibling sollte unser letzter auf dem Weg nach Hause sein. Der Krieg war für mich nach sechs Jahren endlich zu Ende.

Die letzten Panzer vor Libau

Horst Messer, Bad Feilnbach, Unteroffizier
Ostfront, Heeresgruppe Nord

Am 24. Februar 1944 wurde ich als 17-jähriger Freiwilliger zum Panzer-Ersatzregiment 10 nach Zinten in meiner damaligen Heimat Ostpreußen einberufen. Nach der Grundausbildung kam ich zu den Panzergrenadieren nach Insterburg. Im Mai schickte man mich zum Lehrgang auf die Unteroffiziersschule nach Sternberg im Sudetenland. Anfang September 44 bekamen wir dort einen sogenannten Führerbefehl vorgelesen: Alle Ostpreußen könnten sich zur Landesverteidigung in die Heimat melden. Wir waren sechs, und alle meldeten wir uns freiwillig. Unsere erste Station in Ostpreußen war Stablack, wo die sogenannten Volksgrenadier-Divisionen aufgestellt wurden – wilde Haufen aus alten Männern und uns Schulbuben. Eine mächtige Enttäuschung für uns, schließlich wollte man uns ursprünglich zu Panzermännern ausbilden. Doch schon ein paar Tage nach unserem Eintreffen in Stablack hatten wir Glück. Mir lief in der Kaserne ein Offizier der Panzertruppen über den Weg – es war der Kommandeur des Panzer-Ersatzregiments 10 von Zinten. Dem schilderte ich die Umstände und bat ihn inständig darum, uns wieder nach Zinten mitzunehmen. Der Kommandeur war von uns derart begeistert, dass er umgehend unsere Versetzung veranlasste. Wir alle kamen nach Zinten und wurden als Funker im Panzer ausgebildet. Ich weiß nicht, ob ich den Krieg in der Volksgrenadier-Division überlebt hätte, leicht wurde dieses Unterfangen aber auch beim 10. Panzerregiment nicht.

Als die Ausbildung abgeschlossen war, wurden wir am 2. Oktober 44, ohne den sonst üblichen Einsatzurlaub, in Richtung Ostfront verladen. Zuvor hatte ich zu Hause angerufen, um meine Angehörigen davon zu unterrichten. Kurz entschlossen besuchte mich meine Schwester Elfriede einen Tag vor der Verladung in der Kaserne – ein bisschen Ablenkung, bevor es losging. Die Fahrt in einem Güterzug ging über Königsberg und Tilsit nach Schaulen in Litauen, wo wir zur 2. Abteilung des Panzerregiments 29, 12. Panzerdivision, kamen. Die 7. Kompanie war zu dieser Zeit mit Sturmgeschützen ausgerüstet – Kettenfahrzeuge auf einem Panzer-IV-Fahrgestell ohne drehbaren Turm, dafür mit einer starren 7,5-cm-Kanone mit einem Schwenkbereich von zirka 35 Grad. Die Besatzung bestand aus vier Mann. Ich kam als Funker und Ladekanonier eines Sturmgeschützes zu einer Einheit, deren Kommandant Unteroffizier Schneider war. Am 6. Oktober 44 griff der Russe an, durchbrach südlich unsere Front und stieß bis nach Memel durch. Damit war unsere Heeresgruppe abgeschnitten und eingeschlossen. Am 28. Oktober 44 begann die erste der insgesamt sechs sogenannten Kurlandschlachten – ein blutiges Gemetzel, bei dem bis Ende November 1944 rund 70 000 deutsche und ebenso viele russische Soldaten ihr Leben verlieren sollten.

Mein Leben als Panzersoldat begann nicht besonders glücklich. Bei einem Angriff gegen russische Infanterie war ich auf dem Sturmgeschütz als MG-Schütze eingesetzt. Gleich beim allerersten Gefecht traf mich ein Granatsplitter am Hinterkopf. Man legte mir einen Verband an, und der Panzer-Kommandant wollte mich unbedingt nach hinten bringen. Um nicht über eine Anhöhe fahren zu müssen, die vom Feind eingesehen wurde, entschloss sich der Kommandant, eine Senke zu durchfahren. Doch schon nach ein paar Metern drehten die Ketten durch, und wir saßen komplett fest. Langsam wurde es dunkel, die Nacht brach herein. Die Frontlinie kam immer näher, und wir konnten die Kanone nicht einsetzen, weil unser Sturmgeschütz ja keinen drehbaren Turm hatte. Eine angeforderte Bergemaschine kam, schaffte es aber alleine nicht, uns freizuschleppen, so mussten wir auf eine zweite Zugmaschine warten, die erst gegen Mitternacht eintreffen sollte. Um nicht im Sturmgeschütz von Artillerie getroffen zu werden, suchten wir außerhalb Deckung in einem Granattrichter. Wir lagen stellenweise unter heftigen Artillerie- und Granatwerferbeschuss. Unseren Fahrer erwischte es als Nächsten. Ein Splitter durchbohrte sein linkes Schulterblatt. Das Warten war nervenaufreibend. Wir konnten in die Kämpfe rund um uns herum nicht eingreifen, lagen aber wie auf dem Präsentierteller da. Es dauerte eine Ewigkeit, bis die zweite Zugmaschine da war und unser Geschütz aus dem Schlamassel gezogen werden konnte. Aus eigener Kraft ging es zurück zum Hauptverbandsplatz. Dort angekommen, mussten alle Verwundeten, die noch laufen konnten, durch eine Sperre gehen, an der ein Stabsarzt stand und je nach Schwere der Verwundung die Soldaten sortierte: die Leichtverletzten links raus, die schwerer Verletzten nach rechts. Unser Fahrer musste nach der Sperre rechts raus. In dieser Sekunde hatte ich das Gefühl, auf keinen Fall so schnell wieder in einem Panzer sitzen zu wollen. Ich stand noch unter dem Eindruck des Stahlgewitters, das stundenlang auf uns niedergeprasselt war, als wir auf die beiden Zugmaschinen warteten. Ich sollte zu den Leichtverletzten, schlug mich aber heimlich auch auf die rechte Seite. Wir »Schwerverwundeten« wurden in einen bereitstehenden Omnibus verladen, der uns zum Hafen Libau brachte. Dort wartete ein Lazarett-Schiff auf uns. Wäre ich wie befohlen links rausgegangen, hätte ich wohl in ein paar Tagen wieder an der Front gestanden. So aber ging es am Abend in einem Geleitzug über die Ostsee in Richtung Heimat. Das ganze Schiff war voll mit Verwundeten. Da ich tatsächlich eher leicht verwundet war, hielt ich mich immer in der Nähe des Oberdecks auf, um mir bei einem U-Boot-Angriff schnellstmöglich einen Überblick verschaffen zu können. Denn ich hatte keine Lust, mit diesem stählernen Sarg unterzugehen, lieber wollte ich ins eiskalte Wasser springen, immerhin hatte jeder eine Schwimmweste erhalten. Als es dann noch U-Boot-Alarm gab, war die Stimmung bei Besatzung und Passagieren auf dem Nullpunkt. Man kann sich die Angst kaum vorstellen. Mitten auf der

Ostsee bei eisigen Temperaturen und immer die lauernde Gefahr, von einem Torpedo erwischt zu werden. Doch wir hatten Glück, es passierte nichts. Im Laufe des Tages kamen wir in Danzig an. Am Kai stand ein Lazarettzug, und dieser fuhr mit uns allen in Richtung Berlin. Unterwegs wurden an den größeren Stationen Verwundete ausgeladen, meine Station war Schneidemühl in Pommern. Dort im Lazarett verbrachte ich genau 15 Tage, bekam 14 Tage Genesungs- und 14 Tage Einsatzurlaub, und somit war ich vom 15. November bis 15. Dezember 1944 zu Hause. Eine wunderbare Zeit.

Nach dem Urlaub musste ich mich in Stettin beim Ersatztruppenteil in der Kaserne melden. Kaum zu glauben, aber dort verbrachte ich bis zum Jahreswechsel eine ruhige Zeit. Wir hatten jeden Tag Ausgang. Dabei lernte ich ein Mädchen namens Christel Münchow kennen, mit der ich auch einmal den Zapfenstreich verpasste. Als Strafe gab es für mich drei Tage Wachdienst. In der Silvesternacht 1944 sollten wir mit der Straßenbahn zum Bahnhof gefahren werden einschließlich Gepäck, doch es war starker Schneefall, und die Bahn blieb nach kurzer Fahrt stecken. Wir mussten mit unserem Gepäck zum Bahnhof marschieren. Dort stand ein Güterzug. In jedem Waggon gab es Pritschen zum Schlafen und einen Kanonenofen, denn es war bitterkalt. Bevor der Zug abfuhr gab es noch für jeden von uns Marketenderware – darunter jede Menge Alkohol. Und so erlebte ich auf der Fahrt von Stettin nach Danzig meinen ersten »Rausch«. Ich landete im Kohlenkasten und musste ständig »kotzen«. Ich merkte gar nicht, dass sich ein Loch in meinen neuen Mantel gebrannt hatte, was zur Folge hatte, dass ich in Danzig keinen Ausgang bekam.

Drei Tage später wurden wir wieder auf ein Schiff verladen, und ab ging es wieder Richtung Kurland, wo wir am 3. Januar 45 (meinem 18. Geburtstag) im Hafen von Libau ankamen. Ich kam sofort wieder zu meiner alten Einheit, doch die Stimmung war nach den letzten Wochen nicht mehr die alte. Ein Viertel meiner Kameraden war in meiner Abwesenheit gefallen, da in dieser Zeit die zweite und dritte Kurlandschlacht stattgefunden hatten, die sehr verlustreich gewesen waren. Im Stillen war ich erleichtert, damals den offenbar richtigen Ausgang genommen zu haben, nicht zu den Leichtverwundeten gegangen zu sein. Es folgten die vierte und fünfte Kurlandschlacht, und unsere 12. Panzerdivision spielte ständig Feuerwehr. Überall, wo der Russe durchgebrochen war, kamen wir zum Einsatz. Ich war in dieser Zeit Funker. Mein Kommandant hieß Feldwebel Walter, ein erfahrener Panzerkommandant. Anfang März begann im Raum Frauenburg-Tukum mit einem gewaltigen Feuerschlag der Russen die vierte Kurlandschlacht. Überall gab es Durchbrüche der Russen. Unsere Division wurde eingesetzt, um die Lücken wieder zu schließen. Die Panzerabteilung fuhr in der Nacht mehrere Angriffe. Wir kamen gut voran. Mitten in einem solchen Angriff gab es plötzlich einen Knall in unserem Panzer. Kabel und Leitungen fingen zu brennen an, mein Funkgerät fiel komplett aus. Sofort versuchte ich, die Flammen zu löschen, was mir nach einiger Zeit auch gelang. Ich hatte mächtig mit dem Rauch zu kämpfen, und stand kurz davor, die Orientierung zu verlieren. Ich schrie um Hilfe, hustete wie verrückt und rang um Luft. Eine Antwort bekam ich nicht mehr. Erst da bemerkte ich, dass meine Kameraden nicht mehr im Panzer waren. Ich war der Letzte der Besatzung. Panik erfasste mich, und ich wurde unvorsichtig. Beim Versuch, mich in Richtung Ausstiegsluke durchzukämpfen, blieb ich mit dem Walinki, einem russischen Filzstiefel, den wir aus Beutebeständen zugewiesen bekommen hatten und der mir ansonsten beste Dienste leistete, zwischen den Kabeln hängen. Ohne Stiefel bei winterlichen Temperaturen – das wollte ich meinen Füßen nicht zumuten. Ich kämpfte minutenlang mit Rauch, Kabeln und meiner Angst, der Panzer könnte hochgehen. Schließlich konnte ich mich befreien – zum Glück samt Stiefel. Sofort sprang ich aus dem Panzer. Doch es war stockdunkel, und von der Besatzung war nichts mehr zu sehen. So versuchte ich mich zu orientieren und entschloss mich, auf den Spuren der Panzerketten rückwärts zu laufen. Plötzlich tauchten die Umrisse eines Panzers vor mir auf. Ich erschrak nicht schlecht und haute mich sofort in Deckung, weil ich nicht erkennen konnte, ob ich eigene oder russische Panzer vor mir hatte. Beim vorsichtigen Heranschleichen gefror mir das Blut in den Adern. Die Luken standen offen, und ich hörte Russisch. Zum Glück hatte mich noch niemand bemerkt. In diesem Augenblick fühlte ich mich von aller Welt verlassen. Mutterseelenalleine. Langsam kroch ich rückwärts und versuchte, einen weiten Bogen um die Russen-Panzer zu machen. Irgendwann begann ich dann zu rennen, immer in den Schneespuren der Panzer, bis ich nach Stunden endlich an eine Rollbahn kam. In einiger Entfernung konnte ich zwei Lichter erkennen, und Motorengeräusche waren klar zu vernehmen. Wieder die Russen? Als das Gefährt näher und näher kam, war ich derart außer Atem, dass ich nicht mehr davonlaufen konnte und nicht einmal mehr richtig wollte. Mir war mittlerweile alles egal. Aber ich hatte wieder Riesendusel: Es war unser Spieß, der mit seinem Kübelwagen die Rollbahn heraufkam. Er hatte unserer Kompanie die Verpflegung gebracht und hätte mich nun beinahe über den Haufen gefahren. Der Spieß war sichtlich erfreut, einen der Seinen hier zu finden. Man hatte mich wie 36 andere Kameraden bereits vermisst und eigentlich schon abgeschrieben. Mit meiner nächtlichen Wanderung hatte ich nicht nur die russischen Stellungen umgangen, sondern war auch durch die eigenen Linien hindurchgestolpert. Unglaublich, was es bei uns für große Löcher in der Front geben musste.

Der Spieß nahm mich zum Tross mit. Unser Panzer wurde am nächsten Tag geborgen und in die Werkstatt gebracht, später erfuhr ich, dass der Treffer einer leichten russischen Pak den Brand verursacht hatte. Nach einer Woche konnten wir das Fahrzeug wieder abholen. Pech für uns, es ging sofort wieder zurück an die Front. Das Wetter war an diesem Tag derartig mild und schön, dass auf der Fahrt in Richtung Front bis auf den Fahrer alle außen auf dem Panzer saßen. Die Stimmung war trotz des frühlingshaften Wetters alles andere als rosig. Zu allem Überfluss gab es dann auch noch einen gewaltigen Knall.

Die Luken flogen auf, und Qualm kam aus unserem Gefährt, innerhalb einer Sekunde stand der Panzer still. Wir purzelten alle in den Schlamm und gingen erstmal in Deckung. Doch es passierte nichts. Als wir uns langsam aufrafften, sahen wir unseren Panzer IV in einer Rauchwolke wie einen riesigen Klotz aus Stahl regungslos daliegen. Wir schrien nach dem Fahrer – vergeblich. Keine Antwort war zu hören. So schickte mich der Kommandant los, um nachzusehen, was passiert war. Unser Fahrer war tot, sein Körper von Splittern durchsiebt. Ein gewaltiges Loch klaffte in der Drehkranzplatte, über der sich der Turm bewegt. Ohne einsatzfähige Kanone machten wir uns mit dem stählernen Sarg auf den Heimweg. Die Front musste wieder auf uns warten. Als der Kompanieführer von unserem Rückzug erfuhr, wurde er stinksauer. Über Funk drohte er dem Kommandanten, er werde ihn vor ein Kriegsgericht bringen. Er vermutete, wir hätten Sabotage am Fahrzeug betrieben. Doch der tote Kamerad und eine sofort eingeleitete genauere Untersuchung überzeugten ihn schnell eines Besseren. Es stellte sich heraus, dass die Ursache für die Explosion bei der Werkstatt zu suchen war. Die Mechaniker hatten beim Abnehmen des Turmes und des Drehkranzes übersehen, dass eine Handgranate in den Drehkranz gefallen war. Beim Aufsetzen des Turmes kam die Eierhandgranate genau im Drehkranz zu liegen. Auf der Fahrt ging sie dann irgendwann hoch.

Wieder hatte ich großes Glück gehabt. Wären wir im Panzer gesessen, hätte es uns wohl alle erwischt. Das Kriegsgericht war somit aber hinfällig geworden.

Wir bekamen einen anderen Panzer und rollten nochmals nach vorne. In Gefechte wurden wir allerdings nicht mehr verwickelt. Am 8. Mai hörte ich in unserem Panzer einen Funkspruch, scheinbar an die Division, der sich wie folgt anhörte: »Ab sofort sind alle militärischen Aktionen einzustellen und weiße Fahnen zu zeigen.« Ich informierte meinen Kommandanten. Selbst glaubte ich zunächst, dass die Meldung vom Russen auf dieser Frequenz ausgestrahlt wurde, um uns zu täuschen. Das passierte immer wieder. Doch als die Meldung weiter an die Abteilung des Regiments kam, war mir klar: Das ist »das Ende«. Unser Kompanieführer gab den Befehl an alle Panzerbesatzungen, das Feuer einzustellen, in den Stellungen zu bleiben und weiße Fahnen zu zeigen. Als die Russen aus ihren Stellungen auf uns zukamen, gab unser Zugführer den Befehl, ihm zu folgen. Wir wendeten, fuhren querfeldein und setzten uns von den Russen ab. Da auf den Straßen ein Chaos entstand, fuhr unser Zug längere Zeit über Felder, später auf einer Straße in Richtung Libau. Unsere Fahrt dauerte die ganze Nacht. Wir verschossen in der Nacht die ganzen Leuchtpatronen, sodass es aussah wie ein kleines Feuerwerk. Am 9. Mai vormittags wurden wir dann auf einmal von der Straße auf eine Wiese geleitet, wo wir unsere Panzer in Reih und Glied abstellen mussten. Inzwischen war die ganze Kompanie eingetroffen, unser Spieß rief uns im Halbkreis zusammen und erklärte uns, der Krieg sei jetzt vorbei. Er wollte seine Pistole entladen, dabei löste sich ein Schuss und traf einen Kameraden ins Bein. Die Verwundung war so schlimm, dass er ein paar Tage später daran starb. Mit diesem letzten Schuss am 9. Mai war der Krieg für unsere Panzerabteilung tragisch zu Ende gegangen. Die Fahrer mussten bei ihren Panzern bleiben. Unser Gepäck wurde auf einen Lkw geladen, und wir durften aufsitzen. Mit wenigen Bewachern ging es in Richtung Riga. Nach zwanzig Kilometern ließ uns der Russe dann absitzen. Die Lkw wurden weggefahren. Es ging zu Fuß weiter.

Die Nacht vom 9. auf 10. Mai kampierten wir auf einer Wiese in Zelten mit 5000 Mann. Es hieß am Morgen, wir würden im Laufe des Tages in Riga in Gefangenenlager kommen. Bevor wir losmarschierten, putzten wir noch alle unsere Koppel und Schuhe, und es ging kompanieweise in Fünferreihen im Gleichschritt, Offiziere, Feldwebel, Unteroffiziere und Mannschaften allesamt kasernenhofmäßig, nach Riga. Obwohl wir schon eine Bewachung hatten, stand die lettische Bevölkerung auf den Bürgersteigen bis zum Bordstein lautlos bedrückt. Wir wollten dann auch noch Soldatenlieder singen, doch das wurde uns verboten. Gegen ein Pfeifen der Lieder hatten die Posten aber nichts. Fast wie in Friedenszeiten zogen wir durch die Stadt Riga kreuz und quer bis zu unserem Gefangenenlager. Dort angekommen, wurden wir so richtig »gefilzt«, es wurde uns alles abgenommen, bis auf die Kleidung am Körper und den Tornister, der fast leer war. Das Gefangenenlager setzte sich aus einem Hauptlager und mehreren Nebenlagern zusammen, sodass der Verbleib eines jeden ungewiss war. Im Hauptlager waren ungefähr 10000 Landser. Nach der Registrierung kamen wir in unsere »Unterkünfte«. Es waren Steinbauten, die einen großen Raum enthielten. Darin waren zweistöckige Pritschen, wo wir uns einrichteten. Die nächsten Tage gingen wir mit fünfzig Mann von unserer Kompanie zu der Konservenfabrik »Kaja« in die Innenstadt von Riga. Zur Bewachung holten uns zwei zivile Posten vom Lager ab. In der Fabrik angekommen, stellten sie ihre Gewehre in eine Mauerecke und langweilten sich. Wir kamen in einen großen Raum, wo wir zusammen mit lettischen Frauen kleine Fische ausnehmen und in Konservendosen einlegen mussten. Als wir ungefähr 14 Tage dort arbeiteten, hieß es im Lager, am nächsten Tag nach der Arbeit würden wir unserer sämtlichen Haare entledigt. Und so geschah es auch, alle Leute bekamen eine Glatze verpasst. Die Folge war, dass in der Fabrik am nächsten Tag niemand mehr die Mütze abnahm. Wir fühlten uns alle gedemütigt und verletzt, aber aus hygienischen Gründen war es, im Nachhinein betrachtet, wohl richtig. Doch das Ungeziefer kam irgendwann doch und nicht zu wenig. Dieses Arbeitskommando dauerte etwa bis August 1945. Es war fürs Erste gar nicht mal schlecht, wir brauchten das schlechte Essen im Lager nicht, da uns die Frauen heimlich genügend Essen zusteckten. Ein 18-jähriges Mädchen hatte es mir besonders angetan. Sie brachte mir jeden Tag ein Päckchen mit Essbarem und 20 Zigaretten, die ich später an meine Kameraden weitergab, weil ich ja nicht rauchte. Auch wenn sie eine andere Schicht hatte, kam sie jeden Tag, gab mir einen »Wink«, und wir trafen uns an einem unbeaufsichtigten Platz, wo sie mir diese Kostbarkeiten gab. Meine Gefangenschaft blieb so zunächst erträglich. In diesen Tagen wusste ich noch nicht, was mir alles blühen sollte. Vier Jahre, acht Monate russische Gefangenschaft – und dabei hatte ich noch Glück: Riga im Baltikum sollte meine »Wirkungsstätte« für 56 lange Monate werden, nicht Sibirien.

Feindfahrt auf dem Rhein

Josef Raß, Kolbermoor, Zugführer
Westfront

Es ist das Schicksal, das einen auf Wellen trägt. In den letzten Kriegsmonaten schwemmte es mich an den Rhein. Westfront also. Noch weiß ich nicht, um wie viel mehr Glück wir hier haben werden als unsere Kameraden, die zur gleichen Zeit an der Oder gegen die Russen kämpfen. Nach einem verheilten Waden- und Schienbeindurchschuss komme ich im Februar 1945 als Zugführer zu einem Ersatztruppenteil nach Mainz-Kastell. Da die Stadt bei unserer Ankunft am Bahnhof gerade unter einem starken Luftangriff liegt, rennen meine Leute und ich im Laufschritt weiter Richtung Stadtmitte. Dort teile ich sie schnell in drei Gruppen ein. Die erste Gruppe hat die Frauen aus den bombardierten Häusern durch die Kellerfenster zu befreien, die zweite Gruppe eventuell nötige Wiederbelebung durchzuführen und die dritte Gruppe die nicht ansprechbaren Frauen ins Krankenhaus zu bringen. Wir schuften ohne Unterbrechung von mittags bis zum Nachmittag des nächsten Tages und retten vielen Zivilisten das Leben. Oft kommen wir aber zu spät und müssen das ganze Elend mit ansehen, das solch ein schweres Bombardement nach sich zieht.

Ein paar Tage hängt uns das Erlebte immer noch in der Uniform und in den Köpfen. Wie soll dieser Krieg nur enden?

Eine Wehrmachtsdelegation prüft unsere Fronttauglichkeit, mit dem Ergebnis, dass ich zu einer Kompanie nach Breckenheim abkommandiert werde. Meine Soldaten dort sind Jahrgang 1928/29 – blutjunge Kerle, die vom Leben noch nichts gesehen haben. Nur die Unteroffiziere sind etliche Jahre älter. Keiner der neuen Kameraden hat Fronterfahrung außer unserem Oberleutnant Fritz Kerner, der jetzt Kompaniechef wird, einem Küchen-Unteroffizier und mir. Nach vier bis fünf Tagen marschieren wir Richtung Rhein ab und machen schließlich am Ufer gegenüber von Nierstein halt. Am nächsten Tag muss ich zu Kerner: »Raß, es tut mir leid, aber Sie sind der einzige mit einem Motorbootführerschein. Deshalb müssen Sie nach Nierstein rüberfahren und zwei Spähtrupps der Infanterie abholen. Nehmen Sie sich zur Verstärkung einen Unteroffizier nebst seiner Gruppe mit. Schauen Sie aber erst, ob das Boot, das dort vorne am Ufer liegt, auch betriebsbereit ist.« »Schon erledigt, ist in Ordnung«, antworte ich, hole mir einen der Unteroffiziere des ersten Zuges und erkläre ihm unseren Auftrag. Dann geht es los. Wir stoßen über den Rhein, diesmal aber nicht als übermütige Armee wie 1940 gegen die Franzosen, sondern als geschlagener Haufen. Wir hauen ein paar Kameraden heraus, die ohne uns auf der anderen Seite des Rheins verloren gewesen wären. Die Überfahrt glückt. Unsere größte Angst, wie könnten von amerikanischen Kampffliegern ins Visier genommen werden, bewahrheitet sich heute nicht. Drüben angekommen, müssen wir zum Glück nicht allzu lange auf die beiden Spähtrupps warten. Die Männer sind heilfroh, unser Boot zu sehen. Im Gepäck haben sie ein paar Mäntel, die sie von irgendeinem verlassenen Wehrmachtslager mitbringen. Das wird unsere Leute drüben auf der anderen Seite freuen, denn es ist eisig kalt, und die wenigsten der Neuen haben Winterausrüstung. Als die Spähtrupps komplett sind, steigen wir zusammen in unser Boot. Die Nachrichten, die uns die Spähtrupps bringen, sind alarmierend: Die Amerikaner befinden sich bereits auf dem Weg zum Dorf auf der westlichen Rheinseite, uns also direkt gegenüber. Wieder an Land, melde ich uns bei unserem Oberleutnant zurück und bringe ihm die schlechten Nachrichten. Er freut sich, mich zu sehen, lädt mich auf ein Glas Wein ein. Die kameradschaftliche Stimmung hält aber nicht lange an. Gerade als wir dabei sind, uns wegen der geglückten Rettung der Spähtrupps zuzuprosten, stürmt ein Soldat herein und beschwert sich bitterlich, dass wir zwar Mäntel mitgebracht hätten, er jedoch keinen bekommen habe. »Dabei muss da drüben das ganze Lager voll davon sein«, zischt er uns entgegen. Kerner schaute mich daraufhin fragend an. Ich zucke mit den Schultern. »Mein Befehl lautete, die Männer zurückzubringen. Nichts anderes.« Dass die Mäntel nicht für die ganze Kompanie reichten, sei mir klar gewesen. Kerner überlegt kurz und gibt mir dann einen neuen Befehl: »Dann fahren Sie noch mal rüber und holen Mäntel für den Rest der Kompanie.« Schönes Schlamassel. Nochmal über den Fluss, wo doch der Ami schon so nahe ist. Mit einem kurzen militärischen Gruß – Kerner soll meine Verärgerung ruhig merken – knalle ich ihm das Weinglas ohne es auszutrinken auf den Tisch, stapfe missmutig zur Kompanie zurück und hole mir den gleichen Unteroffizier wie vorher. Er solle jetzt wieder fünf Leute zusammentrommeln. Ich erkläre ihm den Auftrag, und er schüttelt nur den Kopf. »Mäntel. Mann, so eine Scheiße!«, presst er heraus, macht sich dann aber auf den Weg. Er und ich, wir ahnen es: Diese Schiffsreise wird keine Vergnügungsfahrt.

Mit äußerst gemischten Gefühlen besteigen wir das Motorboot. Man soll sein Glück nicht zweimal an einem Tag herausfordern, denke ich bei mir. Ich schaue dem Unteroffizier ins Gesicht, und er kann in meinen Augen lesen. Dann geht es los. Ich gebe Vollgas. Weg vom Ufer, mitten hinein in den breiten, reißenden Fluss. Wellen schlagen gegen unser Boot, wir müssen uns festhalten, um nicht über Bord zu gehen. Als wir die Mitte des Flusses, das Fahrwasser des Rheins hinter uns haben, das andere Ufer bereits ganz nahe ist, sehe ich plötzlich eine Gestalt, die wie wild mit den Armen rudert. Ein Mann steht dort am Hauseingang. Seine Zeichen sind klar: »Abhauen, wenden, sofort!« Ich habe ein schlechtes Gefühl und fahre eine enge Kurve. Zurück, zurück an unser Ufer denke ich, und meine sechs Mann Besatzung sind heilfroh, als sie mein Wendemanöver mitbekommen. Doch dann geht der Feuerzauber los. In dem Moment, als ich das Boot wende, tauchen die Amerikaner hinter der Ufermauer auf und nehmen uns unter Dauerbeschuss. MG-Feuer. Die Garben spritzen neben uns ins Wasser. Schlechte Schützen, da drüben, denke ich mir. Wir sind wie auf dem Präsentierteller, und die hauen derart daneben. Anfänger! Doch irgendwie kommen wir nicht schnell genug weg. Der Motor stottert, die Strömung treibt uns flussabwärts, nahe, zu nahe ans feindliche Flussufer, wo die Amerikaner beginnen, sich eine Mordsgaudi aus der Jagd auf uns zu machen. Wir sehen immer mehr Waffen auf uns gerichtet, und die Einschläge kommen näher. Schon merke ich, dass die Männer im Boot über Bord springen wollen. »Seid ihr wahnsinnig? Das kalte Wasser überlebt ihr keine fünf Minuten. Volle Deckung, flach auf dem Boden!«, schreie ich sie an. Ich selbst muss allerdings meinen Kopf oben lassen, um noch ein bisschen navigieren zu können. Es gelingt mir, das lahme Boot, dessen Motor immer noch spuckt, langsam auf unsere Seite treiben zu lassen. Leider sind wir immer noch in Reichweite der Amerikaner. Wenn ich an ihrer Stelle wäre, denke ich, dann würde ich ein, zwei Kilometer flussabwärts einen Granatwerferriegel aufbauen, dann könnten sie uns, den »Krauts«, wie die Amis uns nennen, auf unserem Seelenverkäufer mitten im Rhein ganz schnell den Garaus machen. Gerade als ich mir ausmale, was ein Volltreffer auf dem Boot anrichten würde, sehe ich, wie auf unserer Seite des Flusses das Ufer zurücktritt. Da, da vorne, da kommt doch ein Seitenarm des Rheins. Mann, den dürfen wir nicht verfehlen, das kann unsere Rettung sein. Da sind wir aus Schusslinie. Doch es dauert schier endlos, bis wir endlich dort unten sind. Immer wieder bekommt das Boot Treffer. Ganze Garben schlagen ein. Wie durch ein Wunder bleibe ich unverletzt. Wir können also weitertuckern. Und trotz der starken Strömung kommt es mir vor, als würde es eine Ewigkeit dauern, bis wir diesen verfluchten Seitenarm erreichen. Kurz bevor wir endlich in den toten Winkel fahren können, gefriert mir das Blut in den Adern. Ich sehe, dass auf der anderen Seite des Rheins zwischen zwei Häusern ein Panzer-Spähwagen in Stellung geht. Ich höre die schnellen Abschüsse. Dickes Kaliber. Ein Treffer, und hier gibt es Tote. Sieben auf einen Streich, denke ich mir und lache bitter vor mich hin. Und wie befürchtet endet unsere Feindfahrt auf dem Rhein nicht völlig glimpflich. Kurz bevor wir in den Seitenarm eintauchen, bekommt unser Boot einen Streifschuss durch die Spähwagenkanone. Splitter surren über unsere Köpfe. Einer trifft einen der Gefreiten direkt am Helm, dringt durch das Blech hindurch und saust einmal an der Innenseite des Helms rundherum. Es ist ein Wunder, nicht nur, dass der Mann noch lebt, sondern dass er auch nur ein paar Kratzer am Hinterkopf hat. Den Kameraden neben ihm, dessen Namen ich erst später bei der Beerdigung erfahre, hat es schlimmer erwischt. Er blutet stark aus einer Wunde am Hals, ist bereits ohnmächtig. Einer versucht wie verrückt, die Wunde abzudrücken – vergeblich. Als wir endlich am Ufer sind, ist er verblutet. Es hatte ihm die Halsschlagader zerrissen. Jetzt liegt er direkt vor meinen Füßen.

Oberleutnant Kerner, der am Ufer stand und das ganze Geschehen mitbekommen hatte, ist kreidebleich. Er sagt kein Wort, und ich schweige vielsagend zurück. Ein Feldwebel vom 1. Zug schreit zu mir rüber: »Sepp, schau dir mal das Boot an.« Zusammen mit den anderen gehe ich noch mal zu unserem Seelenverkäufer zurück. Wir staunen nicht schlecht. Gleich einem Sieb ist das Boot nur zwei, drei Zentimeter oberhalb der Wasserlinie total durchlöchert. Wir schauen uns an und denken das Gleiche. Einer spricht es schließlich aus: »Glück gehabt, dass überhaupt jemand durchgekommen ist.«

Leider wissen die Amerikaner jetzt genau, an welcher Stelle wir uns am anderen Ufer befinden. Am nächsten Tag werden wir deshalb von der Flanke her aus Richtung Frankfurt kräftig mit Artilleriefeuer eingedeckt. Gegen Abend kommt ein Krad-Melder. Man hat von übergeordneter Stelle her Gnade mit uns. Wir dürfen uns absetzen, was nicht ganz einfach ist, weil die Amerikaner längst an vielen Stellen übergesetzt haben und sich zum Teil in unserem Rücken befinden. An manchen Stellen wimmelt es nur so von Amerikanern. Aber der Krad-Melder, der sich offenbar gut auskennt, zeigt uns einen einigermaßen sicheren Weg. Dank seiner Hilfe erreichen wir am nächsten Tag Höchst. Von hier aus beginnt meine abenteuerliche Heimreise Richtung Rosenheim – per Bahn, mit dem Kübelwagen, meistens zu Fuß, immer auf der Flucht vor den Amerikanern und in der Angst, in letzter Sekunde noch ein Ding verpasst zu bekommen.

In Höchst wird zur Stunde noch von irgendwelchen Kommandostellen überlegt, die Stadt zu verteidigen. Welch ein Wahnsinn! Spähtrupps, die von uns in alle Richtungen ausgesandt wurden, brachten alle ein und dieselbe Nachricht zurück: Überall steht der Ami. Jede Bewegung unsererseits wird sofort mit massivem Feuer erwidert – als ob er uns damit signalisieren wollte: Noch einen Schritt weiter, und wir machen Ernst. Nach längerer Beratung entschließt sich ein schnell gebildeter Krisenstab, sich direkt mit den Amerikanern in Verbindung zu setzen, um die Stadt Höchst kampflos übergeben zu können. Das geschieht dann auch tatsächlich.

Für uns ist der Krieg damit aber nicht zu Ende. Am nächsten Morgen muss ich mit sechs Mann eine Vorausabteilung bilden. Die Kompanie soll sich möglichst weit und ohne Schaden vom Amerikaner absetzen. Zum Glück treffen wir auf einsichtige Offiziere, denen ein Menschenleben noch etwas gilt. Ohne Feindberührung kommen wir bis nach Breckenheim, wo wir Unteroffiziere nach einem reichlich gedeckten Abendtisch von unseren neuen Quartiersleuten aufs Herzlichste begrüßt und aufgenommen werden. Meine Quartiersleute erzählten mir dann, dass sie alle aus ihrem Dorf verschwinden sollten. Parteibonzen hätten damit geprahlt, dass man die Amerikaner mit einer neuen Wunderwaffe bekämpfen werde, die keinen Unterschied zwischen Feind und Freund macht. Man müsse vor diesen Wunderwaffen wirklich Angst haben. Man solle nur das Nötigste mitnehmen. Ich versuche, die guten Menschen zu beruhigen. Wunderwaffen? Wenn es sie gäbe, wären sie schon längst zum Einsatz gekommen.

Am nächsten Vormittag wird dann der junge Soldat Rudolph Weins, der bei der Aktion »Wehrmachtsmäntel« am Rhein so sinnlos ums Leben gekommen war, auf dem Friedhof von Breckenheim beigesetzt. Nach dem Abendessen des gleichen Tages will der Kompaniechef, dass ich die Truppe antreten lasse. Er spricht ein paar Worte, die niemand so recht versteht, dreht sich zu mir um und murmelt: »Raß, Sie können jetzt mit der Kompanie abmarschieren.« Dann macht er sich aus dem Staub. Als wir losmarschieren, denke ich noch, der wird gleich nachkommen. Doch als wir außerhalb von Breckenheim an einer Kreuzung seine Entscheidung brauchen, ist er nicht mehr aufzufinden. Wir halten fast auf freiem Feld. Und dann hören wir ein paar Hundert Meter hinter uns einen einzelnen Pistolenschuss. Ich denke an den verhängnisvollen »Mantelauftrag« bei Nierstein, den Toten im Boot und wie der Oberleutnant kreidebleich ganz abseits von der Truppe stand. War es ihm doch nähergegangen, als er zugeben wollte? Mir bleibt nichts anderes übrig, als die Führung über die Kompanie zu übernehmen. Aus meiner Kartentasche ziehe ich die Generalstabskarte und den Kompass, richte beide ein und befehle: »Wir gehen nach rechts.« Damit ist der Küchenunteroffizier aber gar nicht einverstanden. Er will geradeaus, woran ich ihn nicht hindern will. Wir verabschieden uns und wünschen uns gegenseitig alle Gute. Der Küchenwagen fährt davon, und wir sind nicht unglücklich darüber – zu auffällig. Ein lohnendes Ziel für Tiefflieger. Als wir ihn los sind, fasse ich zusammen mit den Unteroffizieren einen Entschluss: Ab nach Bayern, weg von den Amis. Wir marschieren – wegen der Flieger meist bei Nacht – Richtung Fulda. Unser Ziel ist Coburg. »Wenn unsere Kompanie durch Feindeinwirkung zerschlagen wird, können wir uns dort treffen. Ich hoffe nicht, dass der Russe vor uns in Fulda ist«, sage ich zu meinen Leuten.

Auf dem Marsch dorthin merken wir schnell, wie chaotisch und sinnlos unsere Gegenwehr im Westen eigentlich bereits ist. Das Reich hat praktisch aufgehört zu existieren, die Wehrmacht zerfällt in ihre Einzelteile. Wohin wir auf unserem Marsch Richtung Coburg auch kommen – immer sind die Amerikaner bereits da gewesen, überall treffen wir auf versprengte Truppenteile. Wie in einem Ort nahe Fulda, dessen Namen ich nicht mehr weiß. Schon von Weitem erkenne ich die beiden Panzer, die nahe dem Ortseingang stehen und deren Rohre in unsere Richtung zeigen. Gott sei Dank haben sie uns noch nicht entdeckt. Aber warum haben sie ihre Kanonen nicht auf den Ort, sondern in Richtung Wald gerichtet? Was ist hier bei uns los? Ich komme nicht mehr zum Weiterdenken, denn plötzlich sind wir mitten in einem riesigen Haufen von Wehrmachtssoldaten, die sich hier vor den Amis verkrochen haben. Hundert, zweihundert Mann, immer noch kriegsmäßig bewaffnet. Den ersten Leutnant, dem ich begegne frage ich nach dem höchsten Offizier, und er antwortet: »Da hinten, da sitzt ein Oberst auf einem Baumstumpf.« Bei ihm angekommen, mache ich immer noch ordnungsgemäß Meldung, frage ihn nach der Lage. Er antwortet müde: »Ich gehe keinen Schritt mehr. Ich habe sechs Spähtrupps losgeschickt, die alle Feindberührung hatten.« »Herr Oberst, es gibt immer eine Lücke. Ich werde versuchen, mit meinen Leuten hier rauszukommen.« Der Oberst streckt mir die Hand entgegen: »Dann wünsche ich Ihnen viel Glück.« Bei meinen Soldaten zurück, schildere ich kurz die Sachlage: »Wer hierbleiben will, kann hierbleiben.« Doch keiner will sich hier gefangen nehmen lassen oder gar noch kämpfen. Also verlassen wir gemeinsam den Wald, machen einen großen Bogen um die Stellung der Amerikaner und haben wieder großes Glück. Vor uns liegt wie eine Fata Morgana ein Bahnhof. Ein Zug wartet abfahrbereit und voll unter Dampf. Im Laufschritt »nehmen« wir diese kleine Festung und freuen uns, als die Lok mit kräftigem Stampfen anfährt. Nachts auf einem Zug – allemal besser als marschieren. Ob der Oberst im Wald dem Bahnhof noch melden ließ, dass wir kommen? Jedenfalls sind wir den Amerikanern voraus, nachdem wir die ganze Nacht durchmarschiert sind und jetzt auch noch den Zug erreicht haben. Nun haben wir ein paar Stunden Ruhe, bis der Morgen graut und wir in Coburg ankommen.

Unser Ziel, lebend nach Bayern zu kommen, haben wir erreicht. Doch nun ist für uns als Kompanie das Ende gekommen. Der Zug hat es nachts mit uns bis nach Coburg geschafft. Doch nur zwei Stunden nach unserer Ankunft ist die Stadt komplett von den Amerikanern umzingelt. Nur ein kleiner Bereich an der Burg wird noch nicht von den GIs überwacht. Es macht keinen Sinn mehr, den Haufen beieinander zu halten. Getrennt haben wir mehr Chancen, unsere Heimatorte zu erreichen. Es wird ein kurzer Abschied. Jeder ist mit sich selbst beschäftigt, und alle haben wir Angst, noch in ein allerletztes Gefecht verwickelt zu werden und praktisch fünf vor zwölf noch verwundet oder gar getötet zu werden. Ein junger Unteroffizier, der neben mir steht, schaut mich an und macht den Vorschlag, dass wir zusammen losziehen. Ich willige ein. Wir ziehen an der Burg vorbei, kommen auf die Hauptstraße und sehen nach ein paar Hundert Metern ein Haus, vor dem ein Kübelwagen steht. Na klar, die wollen sicher auch abhauen. Und tatsächlich, da kommen auch schon zwei Feldwebel. Ich frage sie, ob sie uns mitnehmen, und wir haben Glück. Zu viert geht's im Kübel bis Hof. Dort trennen sich unsere Wege. Auch der junge Unteroffizier, der mich begleitet hat, bleibt in Hof zurück. Wir haben ihn in einem Lazarett abgeliefert, nachdem er über starke Schmerzen im Arm geklagt hatte. Jetzt bin ich alleine auf mich gestellt. Unterkotzau ist meine nächste Station, wo ich den Bürgermeister um ein Quartier bitte. Er behält mich gleich bei sich in seinem Haus, von seiner Tochter bekomme ich leckere Röstkartoffeln serviert. Anderntags gibt's sogar noch ein Frühstück. Ich bedanke mich für die freundliche Aufnahme und mache mich Richtung Bahnhof auf. Fährt noch irgendwas in Richtung Regensburg? Und tatsächlich: in zwanzig Minuten soll ein Zug Richtung Oberpfalz ausfahren. Ich könnte mich jetzt in einen der Personenwagen setzten und dort auf die Abfahrt warten. Doch mein Instinkt sagt mir, mich noch möglichst weit weg vom Zug aufzuhalten. So vertrete ich mir etwas außerhalb des Bahnhofes die Beine. Es dauert keine drei Minuten, da sehe ich ein Doppelrumpf-Flugzeug auf den Bahnhof zufliegen und schreie: »Volle Deckung.« In derselben Sekunde werfe ich mich selbst schutzsuchend auf den Boden. Als die Bombe fällt – es ist nur eine einzige – stecken wir den Kopf in den Dreck. Wir warten, ob der Flieger zurückkommt, stehen dann alle erst ganz langsam auf und sehen das ganze Ausmaß der Verwüstung. Die Bombe hat den Zug voll getroffen. Die Lok ist in der Mitte auseinandergebrochen, und der erste Waggon ist demoliert. Dennoch können wir alle hier am Bahnhof uns ein Lachen nicht verkneifen. Der Mann, der neben mir steht, hat einen Fensterrahmen um den Hals hängen und sieht aus wie ein Clown. Nachdem ich mir den Dreck von der Uniform geklopft habe, schaue ich mir die Lok genauer an. Unglaublich, was eine einzige Bombe anrichten kann. Das schwere Gefährt ist in der Mitte auseinandergerissen, hat sich dort zusammengeschoben und regelrecht aufgestellt. Wir staunen nicht schlecht. Das mit der Zugfahrt nach Regensburg wird jetzt wohl nichts mehr. Mir bleibt nur eines: mitten im Krieg per Anhalter Richtung Heimat. Es gelingt mir nach kurzer Zeit, einen Tankwagen anzuhalten, der Fahrer weist mich aber ab. Er hat bereits vier Mann in seinem Fahrerhaus sitzen. »Und hinten drauf?«, frage ich ihn. »Ist verboten«, gibt er mürrisch zurück. Dann fährt er langsam an. Dabei schwenkt das Hinterteil des Fahrzeugs zu mir herüber. Ich brauche nur meine Hand ausstrecken, da habe ich die Leiter des Tanks in der Hand und stehe auch schon mit einem Bein darauf. Mein Glück: Der Fahrer sieht mich im Rückspiegel nicht. So gelingt mir die unentdeckte und kostenlose Mitfahrt bis Regensburg. Als der Wagen hält, spring ich ab und versuche mein Glück am nächsten Bahnhof irgendwo in der Oberpfalz. Dort erfahre ich, dass immer noch

Züge Richtung Plattling in Niederbayern unterwegs seien. Von dort aus gingen in der Hauptsache die Züge Richtung Rosenheim ab – denn in München sei alles kaputt. Rosenheim – zum ersten Mal seit Monaten höre ich den Namen meiner Heimatstadt. So nahe bin ich ihr jetzt. Und tatsächlich: Ich brauche keine zwei Tage mehr, bis ich zu Hause bin. Unbehelligt von Greifkommandos, von Schnellgerichten, der SS oder den Amerikanern. Meine schwere Verwundung, die ich immer dann vorschiebe, wenn ich sie brauche, ein verwaschener, blutiger Krankenmeldeschein und eine große Portion Glück helfen mir dabei.

In Rosenheim angekommen, gehe ich zunächst nach Hause nach Aising, wo man über mein Erscheinen erst vor allem überrascht ist und mich verblüfft fragt: »Ja, wo kommst du denn her?« Dann aber kommt schon die Wiedersehensfreude auf. Ich bekomme reichlich zu essen und kann mich eine Nacht lang ausschlafen.

Am nächsten Morgen fahre ich mit dem Radl zur Krankensammelstelle nach Rosenheim. Ich habe mein Heimatdorf noch nicht verlassen, als eine Frau vorwurfsvoll vom Balkon herunterschreit: »Du bist zu Hause, und unsere Männer sind noch draußen an der Front.« Ich fahre ohne Kommentar und denke mir nur: Wenn die wüsste, was ich alles mitgemacht habe. Während ich mich noch sehr über diese Äußerung ärgere, überlege ich, wo ich mich melden soll. Im Lazarett bei den Schwerverwundeten – immerhin habe ich immer noch Probleme mit meinem Beinschuss – oder in der Krankensammelstelle. Ich entscheide mich für die Krankensammelstelle. Dort empfängt mich ein Feldwebel, der sich eine Decke unter den Arm klemmt und mich auf ein Zimmer begleitet. Er schmeißt die Decke mit den Worten aufs Bett: »Hau dich hin, bis der Krieg vorbei ist.« Wir lachen beide. Und ich trau mich, ihm zu erzählen, dass ich von Aising bin und gerne zu Hause schlafen würde. »Wenn du mir versprichst, dass du am Mittwoch um 9 Uhr zur Visite wieder da bist, kannst du gehen«, sagt er und schaut mir tief in die Augen. Ich verspreche es ihm und fahre wieder nach Hause. Dort sehe ich dann, wie amerikanische Flugzeuge den Bahnhof in Rosenheim bombardieren. Mir wird mulmig bei dem Gedanken, dass ich übermorgen wieder in die Stadt muss.

Zur Visite erscheine ich dennoch. Versprochen ist versprochen! Dabei erfahre ich dann, dass sich die Amerikaner bereits auf dem Weg von München nach Rosenheim befänden. Von einem freundlichen Arzt erhalte ich einen Urlaubsschein. Im schönsten Rosenheimer Bayerisch sagt er grinsend zu mir: »Der glangt so lange, do sand die Amis schon dreimoi dogwesn.«

Die Amerikaner kommen einen Tag später. Es ist ein kalter Maimorgen, vier Uhr. Plötzlich klopfen sie an unserer Tür, stehen in unseren Schlafkammern. Auch vor meiner. Sofort fragt einer der GIs: »Du Soldat?« Ich verneine vorsichtshalber. Doch dann sieht er meine Keilhose auf dem Boden liegen. Die schmeißt mir der Amerikaner jetzt aufs Bett und befiehlt laut: »Anziehen!« Mir bleibt nichts anderes übrig, als der Aufforderung zu folgen. Als ich dann nach den übrigen Kleidungsstücken suche und deshalb jedes Mal die Treppe rauf- und runterrenne, wird es ihm zu bunt. Er droht mir mit der Maschinenpistole. Zu zweit führt man mich schließlich ab. Unten beim Bäcker von Aising ist die Sammelstelle. Da stehen schon ein paar arme Kerle, ganz verschreckt, mit erhobenen Händen. Die Amerikaner haben alles zusammengetrommelt, was auch nur einen Teil einer Uniform anhatte. Auch unsere Eisenbahner. Als die Amerikaner glauben, alle »Soldaten« zusammen zu haben, verfrachten sie uns mit einem Lkw in den Nachbarort Pfraundorf. Als wir dort ankommen, sind auf einem Bauernhof schon etliche Tausend Landser versammelt. Auch wir müssen hier absteigen. Ich sondere mich gleich ein bisschen von der Gruppe ab. Mein Weg führt mich in den Stall, in die Scheune und schließlich ums Haus, wo es nur so von Soldaten wimmelt. Schließlich gehe ich ins Haus hinein, und als der Bauer gleich auf mich zukommt, sage ich ihm, dass ich aus Aising vom Zanklhof bin. »Ja«, meinte er, »welcher bist du denn von den Dreien?«, und ich antwortete: »Der jüngste, der Sepp. Hast du eine Hose für mich? Ich muss die Barrashose ausziehen.« Doch da muss der Bauer passen. Alle seine Hosen hat er schon abgegeben, nur nicht die, die er noch anhat. Verzweiflung steigt in mir auf. Ich komme hier wohl nicht mehr weg. Diese blöde Keilhose. Doch dann habe ich, wie in den letzten Wochen so oft, wieder einen Mordsmassel. Meine Schwester kommt mit noch zwei Mädeln angeradelt. Sie suchen, finden mich in dem allgemeinen Durcheinander, und ich bin heilfroh: In ihrem Korb haben sie eine zivile Hose dabei. Zum Glück haben sie morgens meine

Gefangennahme mitbekommen und gleich die richtigen Schlüsse gezogen. Schlaue Mädel.

Im Hühnerstall kann ich meine »Freiheits-Hose« ungestört anziehen. Danach schaue ich durch einen Spalt in den Brettern des Hühnerstalls, stelle fest, dass niemand meine Umzieh-Aktion bemerkt hat. Ich erinnere mich an ein Spiel, dass wir früher als kleine Kinder gerne auf dem Hof mit den Nachbarskindern gespielt haben – »Scheidlstian«, eine Art des Versteckspiels, bei dem ein exakt aufgerichteter Haufen aus Holzscheiten von denen, die sich verstecken, zerstört wird. Bis der Fänger den Haufen wieder aufgebaut hat, dürfen sich alle ein Versteck suchen. Der Fänger muss den Scheiterhaufen immer im Auge behalten. Wird er erneut auseinandergestoßen, dürfen sich alle bereits »Gefangenen« wieder aus dem Staub machen, und der Fänger steht mit leeren Händen da. Ich hatte dabei einen Trick, der ein paar Mal wirklich funktionierte. Während nach dem Auseinanderhauen des Scheiterhaufens alle davonliefen und der Fänger den Haufen wieder zusammenbaute, blieb ich einfach stehen und tat unbeteiligt. Es gab so dumme Fänger, die sich nur auf die Davongelaufenen konzentrierten. Ich wartete, bis der Fänger eine ganze Menge Verstecke ausgehoben hatte, um dann mit meinem Fuß die Scheite in alle Richtungen zu zerstreuen und das »Gefangenenlager« aufzulösen. Ein zweites Mal am gleichen Tag funktionierte das natürlich nicht. Die Amerikaner jedenfalls, so denk ich mir jetzt, kennen den Trick bestimmt nicht. Also mische ich mich mitten unter sie. Während den ganzen Tag Jagd auf immer neue flüchtige Wehrmachtssoldaten gemacht wird, mische ich mich mit meiner Zivilhose mitten unter die »Fänger«, bin ständig in ihren Augen präsent. Die Amis sitzen und stehen überall herum, zwei von ihnen auf der Hausbank. Die beiden spielen mit einer Ziehharmonika. Ich stelle mich vor sie hin und gebe ihnen zu verstehen, dass ich auch spielen kann. Sie verstehen sofort und geben mir das kleine Instrument. Ich spiele und spiele, was das Zeug hält. Nur nicht aufhören, denke ich. Als dann die beiden Amerikaner aufstehen und gehen, wird mir mulmig. Ist das ein schlechtes Zeichen? Doch schon bald kommen die beiden Amerikaner zurück. Jeder hat eine Stange Zigaretten für mich, die sie mir dann freudestrahlend überreichen. Ich bedankte mich artig bei den beiden und spiele gleich weiter, während die anderen Gefangenen antreten müssen. Die Amerikaner laufen jetzt ständig an mir vorbei und treiben die anderen Gefangenen zusammen. Mich lassen sie völlig unbehelligt weiterspielen. Als alle Gefangenen in Reihe und Glied stehen und abgezählt werden, denke ich bei mir: Sepp, jetzt bist du nicht mehr gefragt. Ich lege die Harmonika auf die Hausbank, gehe pfeifend an den amerikanischen Posten vorbei in Richtung Straße und klingle bei einem gegenüberliegenden Bauern. Der macht mir zum Glück schnell auf, schaut mich an und lacht, als ich meinen Namen sage: »Ja, da sind wir ja verwandt und haben uns noch nie gesehen. Meine Ur-Ur-Oma hat damals einen Raß geheiratet.« Dann stellt er mich seiner Frau vor. Wir setzen uns und er fragt interessiert: »Sepp, wo kommst du denn jetzt her?« »Das, das ist wirklich eine lange Geschichte.« Wir trinken ausgiebig Kaffee, denn wir haben uns viel zu erzählen, bis ich mich dann am Nachmittag verabschiede. Die Amerikaner sind mit ihren Gefangenen abmarschiert. Mir bleibt die Tortur im Aiblinger Gefangenenlager erspart. Zu Hause ist alles ruhig. Und was war mit den Amerikanern? »Die sind wieder fort, nachdem sie erfahren haben, dass Aising nicht Austria ist«, sagt meine Mutter.

Vom Himmel in die Hölle

Karl Hubner, Chiemgau, Fallschirmjäger
Ostfront, Heeresgruppe Mitte

Am 17. März 1944 brachte mir unser Postbote den Stellungsbefehl: Einberufung zum 25. März zur Panzerdivision »Hermann Göring« nach Utrecht in Holland. Es hieß Abschied nehmen von Freundinnen und Freunden in Amberg, wo meine Wiege stand, und vom Forsthaus Neuhaus an der Pegnitz, wo ich 1940 eine Ausbildung für die mittlere Forstlaufbahn begonnen hatte. Seit dieser Zeit war ich auf vielen Lehrgängen in Fürstenfeldbruck und Ruhpolding gewesen. Mein Chef arrangierte eine Abschiedsfeier im Gasthaus »Wilder Mann« in Königstein, bei der ich als Sanitäter noch einen Erste-Hilfe-Unterricht geben sollte. Mein langjähriger Lehrherr Wolfgang Tuchbreiter war ebenfalls anwesend. Zur Auflockerung des Abends besorgte ich noch einen Zitherspieler.

Schon Tage vor dem 23. März, an dem ich Abschied von der Familie nahm, beschworen mich meine Großmutter, die mich schon immer besonders ins Herz geschlossen hatte, und meine Mutter, mich nach dem Abschiednehmen nicht mehr umzuschauen, denn das würde nichts Gutes bedeuten. Alle beide waren schon den ganzen Vormittag in Tränen aufgelöst. Mein Vater, der selbst mehr als vier Jahre Soldat im Ersten Weltkrieg gewesen und zweimal verwundet worden war, gab sich ruhig und gefasst, mein Bruder und meine Schwester waren sehr bedrückt. Das kurze Abschiedsessen am Mittag schmeckte niemandem mehr so richtig. Danach umarmte ich der Reihe nach meine Mutter, meine Großmutter, meinen Vater – den ich nicht mehr wiedersehen sollte –, meine Schwester und meinen Bruder, nahm meinen Koffer, und hinaus ging es durch zwanzig Zentimeter hohen Schnee zur Bushaltestelle an der Hauptstraße. Kurz vor der Abfahrt brachte mir meine Schwester noch ein paar Kleinigkeiten für die Fahrt dorthin.

In Nürnberg machte ich bei Tante und Onkel Bayerl Zwischenstation, wo ich nachts noch einen Fliegeralarm erlebte, der aber gut ausging. Morgens brachte mich mein Onkel, der Eisenbahner war, zum Fronturlauberzug nach Holland. Die Fahrt ging über Würzburg, Frankfurt, Bingen und Köln nach Utrecht. Zum ersten Mal sah ich den Rhein. In Holland fuhren wir bereits an blühenden Tulpenfeldern vorbei. Endstation war Utrecht, aus allen Richtungen kamen dort Züge an. Etwa 1300 Freiwillige waren wir schließlich, davon etwa 900 in Forstuniform. Ein großartiges Bild gab das beim ersten Appell ab – ich war allerdings nicht in Forstkleidung. Der hohe »grüne Anteil« an den Freiwilligen zeigte, dass eine Weisung der Forstverwaltungen ihr Ziel nicht verfehlt hatte: Förster zur »Hermann Göring«. Diese Einberufungen mit jeweils 1300 bis 1500 Mann liefen schon einige Monate und gingen danach noch weiter.

Das hing damit zusammen, dass aus der bisherigen Division das einzige deutsche »Fallschirm-Panzer-Korps« von über 30000 Mann aufgestellt werden sollte. In diese Truppe wurden ganze Fallschirmjäger-Regimenter und Luftwaffen-Einheiten integriert, und sämtliche Waffengattungen der Bodentruppe waren in ihr enthalten.

Wir jungen Rekruten mussten im Kasernenhof zum ersten Mal antreten. Rundherum wimmelte es vor Offizieren und Ausbildern, die dann ihre Männer in Empfang zu nehmen hatten. Zuerst begann einmal eine Grobeinteilung zu den einzelnen Waffengattungen. Ich wollte eigentlich zur Panzertruppe. Der erste Aufruf: »Wer möchte zu den Panzern?« Sofort flogen die Hände von etwa 400 Rekruten hoch. Ergänzend hieß es, es sollten sich nur Schlosser und Leute mit Führerschein melden, und im Übrigen würden nur 200 Mann benötigt. Die Auslese begann. Der zweite Aufruf: »Wer hat HJ-Funker-Ausbildung und möchte zur Nachrichten-Truppe?« Meldung etwa hundert Mann. Der dritte Aufruf war dann die Ankündigung: »Der Rest des Vereins kommt zu den Grenadieren und Pionieren.« Da war ich dann auch dabei, basta.

Wir wurden sofort in Kompanien und Zugstärken aufgeteilt, und ab ging es nach Bussum zur Grundausbildung. Die Kaserne war eine ehemalige Schule. Nach Größe wurden wir auf die einzelnen Züge aufgeteilt. Ich kam in einen, in dem alle über 1,70 Meter groß waren, die Längsten sogar 1,95. Aus den Forstleuten wurden für Scharfschützen-Züge entsprechende Rekruten ausgewählt. Als Kameraden aus der

Oberpfalz lernte ich Josef Brunner aus Dünzling bei Regensburg kennen, mit dem ich in der Folgezeit viel zusammen war. Beim Einkleiden mit der blauen Luftwaffen-Uniform mit dem besagten Ärmelstreifen »Hermann Göring« bekamen wir meist schon getragene Uniformteile und auch ältere Gewehre – zum Beispiel den bewährten Karabiner 98. Als Stiefel gab es die wadenhohen »Knobelbecher«. Unser Kompaniechef war Leutnant Schliemann.

Ab dem 1. April 1944 begann die sehr harte Grundausbildung: Exerzieren, Marschieren, Grüßen, Waffenausbildung, Geländedienst, Unterricht und Belehrung des Soldaten und natürlich der Strafdienst. Wenn die Ausbilder – Unteroffiziere und Stabsgefreite – nicht mehr brüllen konnten, gab es nur noch Befehle mit der Trillerpfeife. Ich war sehr sportlich, und im Allgemeinen machte mir die Ausbildung Spaß, auch wenn ich die ewigen Schikanen für überflüssig hielt. Nach einigen Wochen ging es ganz gut, egal, ob es mit verrußtem Gesicht im Gelände oder im Unterrichtssaal war, ob es um Marschieren und Singen oder Schießübungen mit Gasmaske oder die Panzerbekämpfung mit Scharfschießen in den Dünen ging. Eine Entschädigung für die Strapazen war die gute und reichliche »Jugendverpflegung«, so nannte sich das Kommissbrot mit Milchsuppe nach Wunsch. Butter, Eier, Früchte, Fleisch, Wurst und Käse gab es reichlich. Hinsichtlich der Tabakwaren und der Getränke waren wir nun Erwachsene. Für die Leute, die nicht zu oft unangenehm im Dienst auffielen, gab es Besuche des Frontheaters – ich war öfter dabei.

Am 15. April 1944 wurden wir auf einem Sportfeld auf den »Führer und Reichskanzler und obersten Befehlshaber Adolf Hitler« vereidigt – noch wussten wir 1300 Rekruten nicht, was das für ein Elend für uns bedeuten sollte. Für uns war das zunächst nur ein äußerst aufregendes Erlebnis. Unser Kommandeur, wie auch die übrigen Offiziere mit einem Degen ausgestattet, sprach zu uns. Der feierliche Akt wurde von einem Musikkorps umrahmt. Nun war ich ein richtiger Soldat mit allen Rechten und Pflichten. Noch am gleichen Tag erhielt ich die Abstellung an die Ostfront, Ziel Ostpreußen. Neueinkleidung mit feldgrauer Uniform (Gebirgsjägerhosen und Schirmmütze) und blauem Ärmelstreifen »Hermann Göring«.

Der Marschbefehl ließ auf sich warten. Am 20. Juli 1944 wurde auf Hitler in der Wolfsschanze das berühmte Stauffenberg-Attentat verübt, das der oberste Staatenlenker Deutschlands bekanntermaßen überlebte. Für uns bedeutete das Großalarm. Wir wurden sofort bewaffnet und warteten auf den Marschbefehl nach Berlin, um dort nach dem Attentat für Ordnung zu sorgen. Dazu kam es jedoch nicht, und wir wurden am 22. Juli doch nach Ostpreußen in Marsch gesetzt. Am 24. Juli trafen wir bei der 23. Flakbatterie des Regimentes in Goldap ein. Der Chef war Oberleutnant Wille, Lehrer aus Sachsen, ein alter Frontoffizier. Der Spieß, Hauptwachtmeister Schroll, Uhrmacher aus der Nähe von Augsburg, war ein Mann um die 40 und in Ordnung. Er nannte uns jungen Leute »Pipse« oder »Pimpfe«. Mein Schirrmeister war der Oberwachtmeister

Schröder aus Norddeutschland, ein launischer Schreihals. Er war für den gesamten technischen Dienst zuständig, und das bei einer vollmotorisierten Einheit. In den nächsten Tagen wurden zehn bis 15 Neulinge auf die einzelnen Züge (fünf Züge waren eine Batterie) aufgeteilt. Ich hätte Fahrer bei einem Batterie-Offizier werden sollen, was ich aber abwenden konnte, denn ich wollte nebenbei kein »Bursche« sein. Stattdessen bekam ich einen 1,5-Tonnen-»Opel Blitz«-Lkw, ein eingezogenes Privatfahrzeug in ordentlichem Zustand, und kam als Nachschubfahrer zum fünften Zug, Zugführer war Wachtmeister Ransach aus Wien. Mein Beifahrer war Obergefreiter Berthold Klemm aus Sonneberg in Thüringen.

Unser Zug lag zur Luftsicherung am Bahnhof Wehrkirchen, und ich erlebte mehrere russische Luftangriffe, die aber für uns allesamt glimpflich verliefen. Mitte Oktober 1944 wurden wir auf einmal in höchster Eile bei Tilsit auf die Bahn in Richtung Gumbinnen verladen, wo ich einen kleinen letzten Vormarsch erlebte. Unsere 8,8-Flak-Batterien schossen von den Waggons aus mitten ins Kampfgewühl der zusammenbrechenden Ostfront hinein. Ich sah brennende russische Panzer im rauchenden Torfgebiet, und als ich nach Wochen als Kurier wieder dort vorbeikam, lagen diese Panzer mehrere Meter tiefer, weil der Torf ausgebrannt war. Der Russe durchbrach am 19./20. Oktober die Reichsgrenze bis südlich Gumbinnen (Nemmersdorf) und wurde in schweren und verlustreichen, etwa zehn Tage andauernden Kämpfen bei Groß-Trakehnen (dem Pferdegestüt) unter blutigsten Verlusten wieder zurückgeworfen.

Unsere Einheiten – ich immer mittendrin – schossen mehrere Hundert Panzer und Flugzeuge ab. Einmal lag ich mit meinem Opel Blitz in einem Friedhof, ständig unter Ari-Beschuss. Aus den Gräbern ragten die schlecht vergrabenen Gegenstände der Geflüchteten heraus – sogar ein Motorrad war dabei. Kein Wunder, dass die Russen nachher alle Gräber geplündert haben, um an wertvolle Sachen zu kommen. Als Ende Oktober, Anfang November etwas Ruhe eingekehrt war, hatte ich öfters im Morgengrauen unsere Stellungen anzufahren, um Kameraden und Material einzusammeln. Wie oft stellte ich mir dabei die Frage: Sind die Gestalten in Rauch und Dunst noch unsere Kameraden – oder schon wieder die ersten Russen?

Der Roten Armee gelang im Herbst 1944 aber nicht der Durchbruch auf der Linie Ebenrode, Gumbinnen, Insterburg nach Königsberg, wodurch Ostpreußen in einen Nord- und Südteil getrennt worden wäre. Nach Beruhigung unseres Frontabschnittes trat ein Stellungskrieg ein, der bis zum 13. Januar 1945 dauerte. In der Zwischenzeit wurden unsere Einheiten neu aufgefüllt und wieder einsatzfähig gemacht. Ich wurde weiterhin als Kraftfahrer eingesetzt. Die gefährlichsten Fahrten mit einem Opel-Allrad-Lkw waren die Munitionstransporte während der Kämpfe direkt zu den Feuerstellungen der Zwei-Zentimeter-Vierlings- und Sologeschütze, die oft tonnenweise Munition verschossen, sowohl gegen Flugzeuge wie auch gegen die angreifende russische Infanterie und die Panzerfahrzeuge. Ein Himmelfahrtskommando, denn ich war den gepanzerten russischen Tieffliegern und dem Artillerie- und Panzerbeschuss ungeschützt ausgeliefert. Und doch: Obwohl mein Fahrzeug sämtliche erdenklichen Macken abbekam und obwohl wir bei der ständig mitgeführten Menge Reserve-Benzin für die anderen Fahrzeuge und tonnenweise Munitionsladung schon durch die kleinste Granate in die Luft gejagt werden konnten – ich blieb heil. Bei solchen Höllenritten lernte ich richtig das Fahren und zeigte zum Glück ein bisschen Talent. Das merkten auch meine Vorgesetzten sehr schnell. Die großen Hindernisse, mit denen ich bei derartigen Einsätzen zu kämpfen hatte, waren die vielen Einschlaglöcher in den Straßen, abgeschossene Straßenbäume, liegengebliebene Fahrzeuge, verstopfte Straßen und Abschnitte mit direkter Feindeinsicht sowie zerfahrene und schlammige Feldwege. Verwundete, die ich häufig mitnehmen musste, taten mir manchmal ehrlich leid.

Nach den Abwehrkämpfen gegen die Russen wurden die sogenannten Auffangstellungen, vor allem an markanten Stellen, immer wieder mit Hochdruck ausgebaut. »Eingraben« nannte man das. Ich hatte damit aber meist nichts zu tun, denn mein Schirrmeister, Oberwachtmeister Schröder, hatte für mich eine andere Beschäftigung: Ich bekam das einzige Dieselfahrzeug der Batterie, einen 3-Tonnen-Mercedes-Lkw, zum ständigen Fahreinsatz zwischen allen möglichen Befehlsständen und für Besorgungen jeglicher Art. Häufiger Beifahrer war Unteroffizier Wagner. Es war wirklich keine leichte Aufgabe, Tag und Nacht mit allen möglichen Offizieren, Unteroffizieren und Feldwebeln unterwegs zu sein: zur Division, zum Korps-Stab und sonstigen fremden Einheiten, oft ihren Launen ausgesetzt. Natürlich hatte ich aber auch schöne und erlebnisreiche Dienstfahrten, wenn ich etwa mit meinen Vorgesetzten in Insterburg, Königsberg oder anderen größeren Orten übernachtete und das Kasino, natürlich dann in ordentlicher Uniform, besuchen durfte. Lästig waren auf der anderen Seite die vielen Kontrollen durch die Feldjäger, die die Fahrtanweisungen genau prüften. Benzin wurde nämlich knapp und musste unbedingt gespart werden.

Im November und Dezember 1944 gab es eine Großaktion zur Einziehung der überflüssigen Pkws wegen Benzinmangels in den Einheiten bis zum Divisionsstab hinauf. Da sah ich erst einmal, wer alles einen Pkw fahren durfte und was für Fahrzeuge sie hatten. Alle wurden gesammelt und auf die weit rückwärtigen Lagerplätze gebracht. Bevor die Russen kamen, wurden sie dann vernichtet. Von den eingesammelten Typen, Opel, DKW, Mercedes und anderen, hatte ich oft bis zu fünf oder sechs am Diesel-Lkw anhängen und mühsam zurückzubringen. Die bisherigen Wagenbesitzer fluchten oft sakrisch über die Großaktion. Zu meinen anderen Tätigkeiten als Lkw-Fahrer gehörte der Transport für den Bunkerbau, für den Öfen, Herde, Möbel und vor allem Bauholz mit starken Rundhölzern zum Abdecken gebraucht wurden. Da mein Lkw kein Allradfahrzeug war, hatte ich öfters Probleme, im rutschigen Gelände direkt an die Baustellen heranzukommen, und so mancher ältere Unteroffizier oder Feldwebel glaubte dann, mir die Schuld daran geben zu können. Sehr oft musste unter größter Vorsicht und mit geringen Motorgeräuschen gefahren werden, sonst kam postwendend ein russischer Artillerie-Feuerüberfall.

Das war also eine Tätigkeit, die mich voll in Anspruch nahm, zumal ich auch die Betreuung meines Fahrzeuges ernst nehmen musste. Ein Dieselfahrzeug war besonders während der kalten Jahreszeit sehr gefährdet. Oft musste die schwere Batterie abends ausgebaut werden, oder man stellte zum Frostschutz mehrere »Hindenburglichter« unter die Batterie. Wer als Fahrer sein Fahrzeug nicht ständig einsatzbereit hielt, wurde ganz streng bestraft und riskierte ein Kriegsgerichtsverfahren. Die Kraftfahrer waren in diesem Krieg wichtige Leute in einer vollmotorisierten Einheit, denn es gab außer den ausgebildeten Wehrmachtsfahrern kaum Soldaten, die aus dem Zivilleben bereits einen Führerschein besaßen, um hier jederzeit einspringen zu können.

Anfang Dezember 1944 war Trossabend der Batterie angesetzt. In unserem Dorf fand sich ein größerer Raum, in welchem die eingeladenen Gäste unterkamen: der Bataillonskommandeur Hauptmann Bauer mit Stabsangestellten, die Batterie-Offiziere und Zugführer, Hauptfeldwebel und Spieß Schroll, der Schirrmeister Schröder sowie alle Leute der Verwaltung und Mannschaften. Kurz nach Rückkehr von einer Fahrt sollte ich mich in Ausgeh-Uniform zum Trossabend beim Batterie-Chef, Obl. Wille, melden. Im ersten Augenblick glaubte ich, jetzt würde ich, weil ich irgendwas verbockt hatte, mit Arrest bestraft werden. Doch weit gefehlt: Als ich in den vollbesetzten Raum kam, waren alle bereits lustig und fidel. Ich meldete mich sofort beim Chef und durfte mich am

Tisch ihm gegenüber platzieren. Die meisten Offiziere und Zugführer kannten mich von meinen Fahrten her, und viele prosteten mir freundlich zu. Nach einer Weile stand Obleutnant Wille auf und begrüßte alle Gäste – und zum Schluss den Flak-Soldaten Hubner. Ich stand stramm vor ihm, als er sagte: »Für besondere Leistungen befördere ich Sie zum Gefreiten.« Alle klatschten Beifall, dabei war das im Leben eines Soldaten eigentlich kein besonderes Ereignis – allerdings war ich der erste der im Sommer zur Batterie gekommenen Fahrer, der befördert wurde. Es war mir außerdem entschieden lieber, zum Gefreiten befördert worden zu sein, als in den Bau zu müssen. So nahe lagen die Dinge damals beieinander.

Im Übrigen wurde bei den Trossabenden ganz schön getankt, es gab ja auch genug. Im Monat mindestens eine Flasche Schnaps oder Likör, Bier und Wein je nach Versorgungslage und dem Talent des »Spießes«. Schokolade, Drops und Gebäck bekamen wir auch sehr oft. Darüber hinaus gab es die sogenannten »Frontkämpfer-Päckchen«, die besonders gut mit Getränken, Süßigkeiten und Tabakwaren ausgestattet waren. Pro Tag gab es mindestens zehn und als monatliche Sonderration nochmals hundert und mehr Zigaretten sowie einige Zigarren und Tabak. Ich trank weder scharfe Sachen, noch rauchte ich viel, sodass ich Teile meiner Rationen an Kameraden und Zivilisten weitergab. Wenn möglich, schickte ich die Tabakwaren meinem Vater nach Hause. Außerdem waren meine Fahrzeuge stets gut mit solchen Sachen ausgestattet. Von einigen Ausnahmen abgesehen hatten wir von der Division »Hermann Göring« meist eine Top-Verpflegung.

Im Dezember 1944 lag ich mit meinem Opel-Allrad für ein paar Tage in der Nähe eines ostpreußischen Gutshofes. Die Besitzer waren geflüchtet und hatten alle ihre Haustiere zurücklassen müssen. Die Kühe brüllten vor Schmerzen, weil sie nicht mehr gemolken wurden, und ihre Kälber konnten nicht alle Milch aufnehmen. Pferde, Kühe, Schafe, Ziegen und Federvieh liefen wild auf dem Hof und im Gelände herum. Melken hatte ich während meiner Forstausbildung gelernt. Mehr aus Gaudi suchte ich mir eine Kuh aus, nahm einen Eimer und begann sie mehr schlecht als recht zu melken. Meine Kameraden standen dabei und staunten nicht schlecht über mich in der Rolle des »Melkburschen«, der natürlich längst außer Übung war und prompt einen Teil statt in den Eimer über seine Knie gemolken hatte. Aber die anderen Kühe erkannten mein Talent, rannten brüllend hinter mir her und wollten auch bedient werden. Einige habe ich tatsächlich noch gemolken – aber dann ging's auch schon wieder weiter.

In diesen Tagen war der Russe bei zwei unserer Zwei-Zentimeter-Flak-Zügen durchgebrochen. Mein Chef war dabei mit von der Partie, und sein VW-Kübel wurde beschädigt. Kurzer Anruf beim Tross, der Wagen sollte in der Nacht mit einem Pferdegespann abgeholt und schnellstens wieder flottgemacht werden. Also wurde auch ein Kraftfahrer gebraucht, und das war, wie gewöhnlich in solchen Fällen, der Gefreite Hubner. Ich bekam vom Schirrmeister eine genaue Ortsbeschreibung und einen echten Pferdemann mit. Zwei riesengroße, dürre Bauernpferde standen für uns bereit, natürlich ohne Sattel und richtiges Zaumzeug. Jede Diskussion über meine nicht vorhandenen Reitkenntnisse und eine angemessene Pferdeausrüstung erwies sich als sinnlos. Eine lose Decke auf den gratigen Pferderücken, den Karabiner über meine Schulter, und los ging es in die stockfinstere Nacht, etwa sieben Kilometer direkt in Richtung Hauptkampflinie. Die Einschläge des Störfeuers da und dort und die Leuchtkugeln erhellten den Weg; noch öfter blendeten sie uns.

Die Decke nützte nichts. Bald konnte ich fast nicht mehr sitzen, so schmerzte mein Hinterteil, und musste mir selber gut zureden, dass ich ja bald im VW-Kübel besser sitzen würde. Halb saß, halb hing ich auf dem braven Gaul, der sicher merkte, dass ich noch nie auf einem seiner Artgenossen gesessen hatte. Er machte aber keine Schwierigkeiten und lief mit einem gewissen Abstand hinter dem Vorausreiter her. Öfters mussten wir unter abgebrochenen Straßenbirken hindurch, durften jedoch nicht mit dem Kopf oder dem Gewehr hängen bleiben. Vorne war der Teufel los, das sahen wir schon von Weitem: nichts als Gewehrfeuer, Leuchtgeschosse und brennende Häuser. Am Ortsrand stiegen wir ab, zogen unsere Pferde hinter uns her und wurden prompt von den Infanteristen angeschrien, was wir mit Pferden hier zu suchen hätten. Am Ende trafen wir aber einige von unseren Leuten, die uns zum Zugführer weiterleiteten. Er war sehr erstaunt, dass wir mit Pferden in die vorderste Frontlinie gekommen waren, und meinte, den Wagen des Chefs könnten wir vergessen, denn die Russen hatten diesen Ortsteil bereits eingenommen. Im Übrigen sei der Batterieführer, unser Chef, im Augenblick nicht erreichbar.

Mein Kamerad und ich machten also mit den Zugpferden kehrt, und wir verschwanden wieder in der Nacht. Meine größte Sorge war, den richtigen Weg wiederzufinden, denn manchmal gab es auch gewisse Lücken im Frontverlauf. Dann konnte es sein, dass plötzlich eine Stimme »Stoi« rief, und das war dann der Russe. Wir hatten aber Glück und fanden den Rückweg wieder, indem wir uns an markanten Punkten orientierten. An der erwähnten Birkenallee erlebten wir dann aber plötzlich einen Artilleriebeschuss. Es war mehr ein routinemäßiges Störfeuer, aber unsere Pferde scheuten und fielen in Galopp. Zu allem Pech blieb ich auch noch mit meinem Gewehr im Baumgeäst hängen. Das war zu viel für mich »versierten Reiter« – schon war ich vom Pferd gestürzt. Mein Ackergaul folgte dem vorderen Reiter und schien mich meinem Schicksal überlassen zu wollen. Ich ordnete also meine Knochen und Klamotten und fand mich mit einem Nachtmarsch zum Ausgangspunkt ab. Aber siehe da, nach einigen Hundert Metern wartete mein braves Pferd doch wieder auf mich, obwohl mein Kamerad nicht mehr zu sehen und wohl weiter vorgeritten war. Ich suchte eine geeignete Stelle zum Aufsitzen, und dann ging es wieder weiter, bis ich meinen Begleiter eingeholt hatte und mich erst einmal von ihm auslachen lassen musste. Im Morgengrauen kamen wir von unsrem Ausflug, wenn auch ohne Auto, heil wieder zurück. Oder jedenfalls fast heil. Eines blieb mir nämlich lange Zeit in bester Erinnerung: dass ich mindestens 14 Tage nicht mehr richtig sitzen konnte, nicht einmal im Auto.

Während der Kämpfe hatte man keine festen Unterkünfte. Man fand entweder eine oder schlief dort, wo man gerade war. Während des Wacheschiebens konnte man auch im Stehen schlafen. In den Bunkern in Frontnähe war es in der Regel ungemütlich, feucht und stinkig. In der wärmeren Zeit war ich als Kraftfahrer besser dran – mein Führerhaus oder auch der Laderaum waren im Vergleich dazu geradezu feudale Schlafplätze, und man war stets am Fahrzeug. Vor allem konnte ich dort immer genug Lebensmittel bunkern, was ja auch für meine Kameraden wichtig war. Auch für Flüchtlinge waren ein kurzer Unterschlupf oder etwas zum Essen oft willkommen. Als wir im Raum Insterburg mit unseren Vierling-Flak-Geschützen zum Schutz der Infanterie in der Nähe eines Dorfes lagen, stellte ich mein Fahrzeug – gegen Granatsplitter geschützt – an einer Hauswand ab. Es war relativ ruhig. Ich schlachtete eine Ziege, einige Hühner, von anderen Kameraden bekamen wir noch eine Schweinehälfte. Mein Beifahrer Klemm war der Koch und bereitete alles köstlich zu. Im Übrigen hat er sich auch sonst väterlich um mich gekümmert und oft meine Wache mit übernommen. Ich sollte, fand er, ausgeruht sein, um sicher Auto fahren zu können.

Einen Einsatz zu Fuß überstand ich nur mit viel Glück unversehrt. Weil die Telefonleitung zerschossen war, hatte der Zugführer mich angewiesen, als Melder zum zurückliegenden Batterie-Gefechtsstand laufen – über ein riesiges freies und ansteigendes Gelände. Prompt hörte ich, als ich unterwegs war, einen Artillerie-Abschuss, vielleicht 700 bis 1000 Meter von mir, und bald darauf folgten die ersten Granateinschläge eines leichten Kalibers, etwa zehn bis zwölf Zentimeter, in meiner unmittelbaren Nähe. Als weitere Granaten einschlugen, wusste ich, dass das nur mir gelten konnte, und erwartete den nächsten Abschuss. Wie ein Verrückter rannte ich quer zum Hang, während eine weitere Granate wieder nahe der Stelle einschlug, wo ich zuvor gewesen war. Mein Instinkt sagte mir, dass ich nun zwar weiter bergauf laufen müsse, aber mit geänderter Richtung: so, als wäre ich von dort, wo die ersten Einschläge gewesen waren, weiter geradeaus gelaufen. Und richtig, dieses Mal lag der Treffer dort, wo ich zuletzt gestartet war. So raste ich eine ganze Weile im Zickzackkurs hin und her, warf mich nach jedem Abschuss auf den Boden und hörte die Splitter und Dreckbrocken durch die Luft sausen. Nach etwa 15 Granateinschlägen war es wieder still auf der Fläche, und nun hatte ich auch eine Straßenallee erreicht und konnte mich hinter den dicken Bäumen verstecken. Erleichtert, aber völlig ausgepumpt sah ich zurück auf die verbrannte Freifläche. Zu bemerken wäre aber doch, dass ein Soldat mit mehr Erfahrung sicherlich einen gedeckteren und deshalb gefahrloseren Weg zum Batterie-Gefechtsstand gefunden hätte.

Zu Weihnachten 1944 lagen wir – Teile des Fallschirm-Panzer-Korps »Hermann Göring« – bei Gumbinnen in Winterstellung. Die Festtage verliefen ruhig, und an Silvester wurde ein Mordsfeuerzauber veranstaltet. Doch die Stimmung war angespannt, ahnte die oberste Leitung doch, dass der Russe in Bälde wieder angreifen würde. Aus taktischen Gründen wurden Stellungen gewechselt. Auch ich bekam eine neue Aufgabe. Mit einem Opel-Allrad-Geschützfahrzeug kam ich wieder zum fünften Zug. Meinen Kameraden Klemm habe ich zu dieser Zeit aus den Augen verloren. Im Morgengrauen des 13. Januar 1945 begann die russische Winteroffensive mit mehrstündigem Trommelfeuer, Panzer-, Infanterie- und Luftangriffen im größten Ausmaß. Es gab große Verluste an Menschen und Material auf beiden Seiten. Nach harten Kämpfen mussten wir zurückverlegt werden. Zwanzig bis dreißig Zentimeter Schnee lagen auf gefrorenem Boden, und das Thermometer zeigte minus zwanzig Grad. Ein oder zwei Züge wurden schwer getroffen.

Bei einem Stellungswechsel fuhr ich nachts im Schnee in ein Stacheldraht-Hindernis und rollte mit dem rechten Hinterrad viele Meter Stacheldraht zwischen den Zwillingsreifen auf, sodass sich die Radmuttern durch den gewaltigen Druck lösten. Mit Mühe und Not konnte ich den Schaden wieder beheben, doch die Radbolzen hätten sofort ausgewechselt werden müssen. In dieser Situation war daran aber gar nicht zu denken, denn das Geschütz und die achtköpfige Besatzung mussten ständig zum Einsatz. Bei jeder Gelegenheit war ich deshalb mit dem defekten Rad beschäftigt: Muttern auswechseln und immer wieder nachdrehen, damit das Rad für den nächsten Einsatz wieder hielt. Wegen des defekten Hinterrades, der schweren Beladung des Fahrzeugs und des anhängenden Vierling-Flakgeschützes mit mindestens einer Tonne Gewicht wurde mein Einsatz immer problematischer. Eine Reparatur war wegen der schweren Kämpfe jedoch weiterhin nicht möglich. So kam es, wie es kommen musste. Bei einer nächtlichen Absetzfahrt – der Geschützführer Wagner und die Geschützbesatzung schliefen, und das Fahrzeug war bis oben hin mit Sprit, Munition und Gerät sowie dem Gepäck der Kameraden beladen – sprangen bei dem ständigen Anfahren und Anhalten in der Kolonne die zwei rechten Zwillingsreifen endgültig ab. Ich konnte die Radmuttern beim besten Willen nicht mehr andrehen. Die Katastrophe für das Fahrzeug mit Geschütz und Besatzung war an diesem 29. Januar 1945 perfekt. Mein defektes Fahrzeug verursachte sofort einen riesigen Stau, weil kaum noch breite Fahrzeuge wie Panzer oder Sturmgeschütze auf der von Bäumen begrenzten Straße vorbeikamen. Die Geschützbedienung und das Geschütz mit weiterer Ausrüstung mussten von anderen Fahrzeugen übernommen werden, alles in größter Eile und stockfinsterer Nacht. Als alles abgewickelt war, rangierte ich meinen Wagen zwischen zwei Alleebäume und bereitete die Sprengung vor, denn es bestand der strikte Befehl, alle defekten Fahrzeuge und Waffen zu sprengen. Durch den noch anhaltenden Rückzugsverkehr musste ich damit aber warten, bis niemand mehr gefährdet wurde. So war es etwa drei bis vier Uhr morgens, als ich die Sprengladung zwischen Motor und Getriebe steckte. Ich nahm mein Gewehr und meinen Rucksack auf und brannte die Zündschnur an. Aus etwa fünfzig Metern Entfernung sah ich die mächtige Stichflamme und hörte die Detonation. Aus für mein braves Auto!

Nun begann für mich ein Fußmarsch bis zur nächsten Auffangstellung in ein paar Kilometern, kein Nachzügler hat mich mitgenommen. Nachdem ich mit Mühe meine Einheit wiedergefunden hatte, bekam ich sofort ein neues Fahrzeug, mein viertes: einen Opel, und musste mit meiner alten Besatzung zu weiteren verlustreichen Einsätzen. Wieder war es besonders kritisch, weil die Front sehr in Bewegung war. Unsere paar Vierling-Geschütze wurden gut verteilt im Erdboden eingegraben und gegen Tiefflieger und Infanterie eingesetzt. Das Instellungbringen der Geschütze mit einem Lkw war stets schwierig! Anschließend musste ich dann einige Hundert Meter rückwärts in eine möglichst sichere Deckung fahren, um bei Bedarf sofort dafür zur Verfügung zu stehen, die Kameraden mit dem Geschütz sicher herausholen zu können. An einem der folgenden Tage war es in einer neuen Stellung besonders schlimm. In meiner Deckung hörte ich wieder das »Orä«-Sturmgeschrei der massenhaft angreifenden russischen Infanterie und erlebte einen Feuerzauber, der seinesgleichen suchte, einen Hagel von Stalinorgel und starker Artillerie. Dazu kamen Panzergranatfeuer und starke Fliegerangriffe. Nebenan brannten Fahrzeuge aus, und gefallene und verwundete Kameraden lagen überall. Von meinem Zug, vierzig Mann, kamen drei Verwundete zurück und schilderten die verzweifelte Lage. Unsere Leute wurden wegen des Munitionsmangels an den Geschützen im Nahkampf niedergekämpft. In allerletzter Minute musste ich dann mit mehreren Verwundeten auf dem Wagen die Flucht nach rückwärts antreten. Etwa 80 Prozent der abgestellten und auf die Geschützbedienungen wartenden Fahrzeuge waren zerstört. Wie durch ein Wunder hatte mein Fahrzeug nur einige Streifschüsse und Splitter abgekriegt – ich selbst hatte wieder Glück gehabt. Wie ich am nächsten Tag erfuhr, hatte der Russe in mehreren Wellen mit einigen Tausend Mann und Artillerie und Panzerunterstützung – T34 – unsere Stellungen angegriffen und schließlich überrollt. Wahrscheinlich hatten unsere Geschütze auch keine Munition mehr beziehungsweise wurden von Panzer-Treffern ausgeschaltet. Die Vierling-Flak war ansonsten eine fürchterliche Waffe gegen angreifende Infanterie, zumal die Russen vielfach nur mit Spaten und Messern bewaffnet waren. Nur die Masse Mensch war jetzt noch ausschlaggebend, unterstützt von Panzern. Auch unsere übrige Batterie war stark dezimiert, und es dauerte Tage, bis wir uns wieder einigermaßen formieren konnten. Das war schon der sechste oder siebte schwere Schlag gegen meine Einheit. Wir lagen weiterhin in der Hauptstoß-Richtung der »Roten Armee«, Ziel Königsberg. Der Russe versuchte fast täglich mit starken Panzerverbänden von jeweils mehreren Hundert den Durchbruch nach Westen zu erzwingen und Ostpreußen in zwei Teile zu trennen. Dadurch entstanden schwere Verluste auf beiden Seiten. Wenn wir den Sowjets auch schwer zusetzten, gegen ein derartiges Material- und Menschenaufgebot konnten wir nicht mehr gegenhalten.

Zur Neuformierung war mein Zug, vier Geschütze und vierzig Mann, in einem Waldstück untergebracht. Beim Abmarsch mit meinem Opel und einem anhängenden Vierling-Flakgeschütz sowie acht Mann Besatzung fuhr ich aus der Deckung auf ein ansteigendes freies Feld. In diesem Augenblick sah ich in etwa 400 Metern Entfernung ein russisches Schlachtflugzeug vom Typ JL II im Tiefflug über die Bergkuppe kommend direkt auf uns zufliegen. Während das Mündungsfeuer einer auf uns gerichteten Bordrakete schon aufblitzte, trat ich instinktiv auf die Bremse und ließ das Gespann etwa zwei bis drei Meter zurückrollen. Da krachte es auch schon, und das Geschoss explodierte genau zwischen den beiden Vorderrädern. Als der Geschützführer Wagner und ich uns von dem Schrecken erholt hatten, sprangen wir und die aufgesessenen Kameraden vom Wagen und besahen uns die Bescherung. Zum großen Glück waren nur die beiden Reifen platt, aber an Motor, Kühler und sonstigen wichtigen Teilen war außer Schrammen nichts. Hätte ich nicht so reagiert, wäre die Rakete wohl direkt ins Führerhaus gekracht und hätte uns alle, noch dazu auf Benzin und Munition sitzend, in die Luft gesprengt. Normalerweise hätte der Schaden an Ort und Stelle behoben werden müssen, aber das Geschütz musste in die neue Stellung gebracht werden. Schwerstarbeit kann man das nennen! In der Protzenstellung wurden die Räder ausgewechselt, doch das schadhafte Hinterrad konnte mangels Ersatzteilen nicht repariert werden und blieb der wunde Punkt am Fahrzeug. Meine Kameraden sind von diesem Einsatz alle wieder zurückgekommen. Der nächste Stellungswechsel, leider wieder zurück, war schon angesagt. Der Russe setzte ungeheure Massen an Menschen und Material ein, um den Durchbruch nach Königsberg zu erzwingen, und dies bei Tag und Nacht.

Am 8. Februar 1945 erlebte ich einen großen Panzerangriff der Russen mit. Unsere Flak-Abteilung wurde in der zu erwartenden Kampfzone eingegraben. Ganz vorne lagen unsere Fallschirmjäger, die armen Hunde, die quasi vom Himmel direkt in die Hölle gekommen waren, zusammen mit anderen Heereseinheiten. Größere feindliche Angriffe wurden oft durch Gefangene und Überläufer sowie Luftaufklärung im Voraus bekannt und konnten vielfach mit geschickten Gegenangriffen vereitelt oder abgemindert werden. Ich war mit einem kleineren Gefechtsfahrzeug abends mit Chef und Funkern in die vorderen Stellungen bei Kreuzburg gefahren. Überall dicke Luft; ich musste wieder Deckung hinter einem Haus suchen, damit das Fahrzeug nicht gefährdet war. Das war stets die Sorge der Truppenführer, denn ohne Fahrzeuge gab es oft kein Entkommen mehr. Gegen drei Uhr nachts kam ein Melder vom Chef, Oberleutnant Wille, ich solle mich mindestens tausend Meter weiter rückwärts verschanzen. Er hatte wohl einen Riecher, der alte Hase. Im Morgengrauen setzte dann Artillerie- und Stalinorgel-Feuer ein, das bis zu meiner Deckung reichte. Dann hörte man den ohrenbetäubenden Lärm der Panzer, und eine über tausend Meter breite Angriffswelle von Panzern mit massiver Infanterie-Unterstützung begann. Meine dort eingesetzten Kameraden berichteten, dass es weit über hundert T34 und andere Panzertypen waren. Viele Panzer wurden von unseren

Fallschirmjägern mit Haftladung vernichtet. Sie kämpften die Russen nieder, sprangen auf die russischen Panzer und kamen unserer 8,8-Flak entgegengefahren. Es müssen sich furchtbare Szenen abgespielt haben. Unsere Einheiten wurden erneut aufgerieben und versprengt – das alles in wenigen Stunden. Am Nachmittag sah ich in der Auffangstellung auch zwei der Richtschützen, zwei Obergefreite, mit jeweils zwanzig Panzerabschüssen, die später das Ritterkreuz verliehen bekamen. Ich selber habe diesen Angriff wieder knapp mit einigen Beschädigungen am Fahrzeug überstanden. Mein Chef kam mit einigen Kameraden leicht verwundet und zerlumpt in unserer Stellung an.

Es begann das große Einsammeln der geschützlosen Flaksoldaten des Flakregiments »Hermann Göring«, schnell wurden wieder kampffähige Einheiten gebildet, die dem Russen noch erhebliche Verluste zugefügt und Gebiete zurückerobert haben. Bei verschiedenen Gegenstößen sah ich die abgeschossenen Panzer und Flugzeuge, kaputte Fahrzeuge und natürlich viele Tote. Besonders beeindruckt war ich von dem Koloss »Stalin-Panzer«, der sehr gefürchtet war. Aus Neugierde kletterte ich in zerstörte russische Panzer. Bei einem Gegenstoß sah ich mit an, wie 25 Fallschirmjäger unserer Division von den Sowjets als Gefangene am Straßenrand kniend durch Genickschüsse hingerichtet wurden – ein Gemetzel, das zum Ende dieses kriminellen Krieges passte. Auch an andere Bilder erinnere ich mich genau: Nach den heftigen Angriffen des Feindes irrten viele Landser oft ziellos vor oder hinter der Hauptkampflinie umher.

Diese wurden dann von der Feldpolizei – jede Truppe hatte sie – wieder eingesammelt und zur Kampftruppe zurückgebracht. In vielen Fällen wurden »Fahnenflüchtige« sofort an der Front abgeurteilt und erschossen oder an einem Baum zur Abschreckung aufgehängt. Sie bekamen dann noch ein großes Schild um den Hals mit Aufschriften »Ich war ein Feigling« oder »Feigheit vor dem Feinde« und ähnlichem Text. Das sagte mir alles.

An unseren Gegenstößen war neben Heereseinheiten vor allem unser Panzerregiment unter Major Rossmann beteiligt. Er stammte aus Amberg und war nach dem Krieg Arzt in Bad Kreuznach. Mein Regimentskommandeur Oberstleutnant Rintelin leitete 24 schwere und leichte Flakbatterien, die verteilt auf alle möglichen Schwerpunkte eingesetzt wurden. Wegen ihrer Treffsicherheit und der raschen Schussabgabe war die Flak eine vielseitig einsetzbare Waffe. Daneben gab es die sogenannten »Werfergeschütze«, eine Raketenwaffe, die mit bis zu zwanzig auf Fahrzeugen montierten Rohren sehr schlagkräftig war. Ich habe sie einige Male selbst erlebt, als mit ihr zu kurz – also in die eigene Linie – geschossen wurde. Auf der gleichen Basis war auch die »Stalinorgel« aufgebaut. Die habe ich zur Genüge kennengelernt.

An vielen Abenden und auch die Nacht über stellten die Russen Lautsprecher auf, die uns zur Kampfaufgabe und zum Desertieren aufforderten, dazu wurden antifaschistische Kriegsgefangene eingesetzt. Lieder wie »Wenn der weiße Flieder wieder blüht« oder Aufrufe »Kommt herüber. Tausend liebe und schöne Mädchen warten auf euch« waren im Programm.

Ab Mitte Februar 1945 wurden unsere Batterien und Züge immer wieder neu formiert. Ich kam zu einem neuen Flakzug und erhielt ein neues Fahrzeug, einen Borgward-Allrad, 3,5 Tonnen. Wir wurden wieder eingeschlossen, konnten uns aber freikämpfen. Ende Februar war es für einige Tage ruhiger. Ich fuhr teils mit dem Lkw, teils mit dem Pferdegespann Munition, Ausrüstung oder Verpflegung in die vorderste Linie, oft unter starkem Beschuss, aber ich kam immer durch. Eines Tages war ich mit einem Pferdeknecht in der Hauptkampflinie und versorgte den Zug, der in einer alten Artilleriestellung untergebracht war, mit Essen und Post. Die Pferde standen aufgeregt am Wagen. Ich sprang hin, um sie zu beruhigen. Doch die Tiere stiegen mit Schaum vor dem Maul hoch und stürmten regelrecht mit dem Wagen samt Inhalt einige Hundert Meter davon. Dann blieben sie ganz ruhig wieder stehen. Ich holte sie ein, und im gleichen Augenblick ging dort, wo ich gerade noch gewesen war, ein Artilleriebeschuss nieder, der uns ausgelöscht hätte, wären wir noch dort gestanden. Den Kameraden im Bunker ist jedoch nichts passiert. Anscheinend war diese alte Stellung vom Russen genau eingemessen gewesen. Fazit für mich: Die Tiere haben mir sicherlich wieder einmal mit ihrem Gefahreninstinkt das Leben gerettet.

Von Anfang bis Mitte März erlebte ich weitere schwere Kampfhandlungen entlang der Autobahn Elbing-Königsberg. Unsere Einheiten, wie die gesamte deutsche Heeresgruppe, waren schwer angeschlagen. Unendliche zurückflutende Wagenkolonnen auf total aufgefrorenen und kaputten Straßen bestimmten das Bild. Wir wurden in den großen Kessel Heiligenbeil getrieben. Ich war nun mit meinem Allrad-Borgward zum Munitionstransport eingesetzt und brauchte oft für wenige Kilometer eine ganze Nacht. Nichts lief mehr geordnet ab. Im Morgengrauen kam ich in Hoppenbruch an, einem kleinen Ort an einem Bach. Alles war überfüllt. Am 18. März 1945 gegen 7 Uhr sah ich einen in großer Höhe fliegenden russischen Kampfverband mit zwanzig PE-II-Maschinen. Großalarm! Die Bomben kamen schon wie schwarze Punkte auf uns zu, aber wohin nur in Deckung? Erst legte ich mich in der Nähe meines Lkws hinter ein Haus, da sprang ein Leutnant zu mir, riss mich hoch und zog mich mit sich an das tiefer liegende Bachufer in Deckung. Als die Bomben einschlugen, wurde ich förmlich vom Luftdruck an den Boden gepresst. Sobald ich wieder klar denken konnte, schüttelte ich den zentimeterdicken Schlamm und das Wasser ab und befühlte mich, ob mir etwas fehlte. Gott sei Dank war ich heil geblieben, auch der Leutnant kroch unversehrt aus dem Dreck. Aber in unserer Umgebung sah es aus! Tote und Verwundete, brennende und explodierende Fahrzeuge und Häuser. Mein Munitionsfahrzeug war auch getroffen und brannte, die Werfer-Granaten explodierten einzeln und in Bündeln. Aus meinem Lkw war nichts mehr zu retten. Als Kopfbedeckung blieb nur mein Stahlhelm. Ich half sofort beim Versorgen der Verwundeten und brachte viele mit zu einem Verbandsplatz in einem Felsenkeller. Ob diese Kameraden aber richtig versorgt werden konnten, möchte ich bezweifeln. Wer auf diesem mörderischen Rückzug krank oder verwundet wurde, hatte wenig Überlebenschancen.

Nun hatte ich nichts mehr, aber ich lebte noch – und das war ausschlaggebend. Hungrig und durstig ging es zu Fuß in Richtung Follendorf, einem Ort am Frischen Haff. Alle meine guten und braven Fahrzeuge waren kaputt. In den folgenden Tagen fand ich wieder einige Kameraden von meiner Batterie. Nirgends herrschte mehr Ordnung. Nur noch wenige Fronteinheiten waren wirklich im Einsatz. Durch die ständigen Artilleriestörfeuer und Fliegerangriffe gab es viele Verluste. Nach längerem Suchen zusammen mit einem Kameraden fanden wir an einem Abend etwa dreißig Kameraden mit unserem Spieß in einer großen Kaserne wieder. Sie hatten sich im Kellergeschoss niedergelassen, doch für uns war dort kein Platz mehr, und wir suchten im ganzen Gebäude vergeblich nach einem warmen Plätzchen, wo wir uns ausruhen konnten. Vor Müdigkeit, Hunger und Durchfall konnte ich kaum mehr laufen und legte mich dann im ersten Stock in einem überfüllten Raum einfach unter ein Bett. Nachts setzten die Russen leichte Doppeldecker und Eindecker-Flugzeuge ein, die durch Bombenabwürfe über unseren Stellungen für Ärger sorgten und auch öfters größere Schäden anrichteten, ohne dass diese Flugzeuge ernsthaft beschossen wurden. Auch in dieser Nacht flog eine »Nähmaschine« – so nannte man diesen Typ – im Tiefflug über uns hinweg und warf eine schwere Zeitzünder-Bombe in Längsrichtung zu unserer Kaserne ab. Sie traf von oben her, alle drei Stockwerke durchschlagend, die Flurpartien, riss alles mit in den Kellerraum und detonierte dort kurz danach. Dabei stürzten die Treppenaufgänge und Flure zusammen. Die Kameraden waren aus den Stuben gesprungen, um ins Freie zu kommen, und genau da ging die Bombe hoch, riss alles mit in die Tiefe und richtete im Keller die Verwüstung an, die ich in den nächsten Stunden und am Vormittag sehen konnte. Die Bombe muss in meiner unmittelbaren Nähe heruntergekommen sein, aber ich habe sie gar nicht mitbekommen! Nur deshalb habe ich diesen Bombenabwurf nämlich überstanden, weil ich durch meine absolute körperliche Entkräftung im Tiefschlaf war, aus dem mich erst der beißende Gestank wieder herausholte. Als ich auf den Flur hinauswollte, sah ich den tiefen Abgrund, aus dem Rauch aufstieg und einzelne Lichter zu sehen waren. Überall Hilferufe! Da erst wurde mir klar, was passiert war, und mich überkam eine panische Angst, als ich begriff, dass niemand mehr im Zimmer war. Ich rannte zum nächsten Fenster – natürlich kaputt. Draußen war es finster und voller Rauch und Qualm, aber ich dachte nur noch ans Rauskommen und sprang vom ersten Stock auf den Kasernenhof – zu meinem Glück kam ich heil neben einer Feldküche auf. Nachdem ich diesen Sprung überstanden hatte, half ich im Kellerbereich sofort dabei, die Verwundeten zu bergen. Zu meinen etwa dreißig Kameraden von der Batterie kam ich aber nicht heran, sie waren durch die Kellerdecke und Mauerteile eingeschlossen. Auch als es später Tag geworden war, konnten wir mangels geeigneter Geräte nichts unternehmen, um sie zu befreien. Alle diese Kameraden und noch viele andere starben – fast hundert Soldaten kamen durch diese einzige Bombe um. Aber durch meinen Einsatz bei der Bergung der Verwundeten konnte ich drei verschüttete Kameraden retten und bei mehreren anderen gemeinsame Hilfe leisten. Einer war im Kopfstand in einem Eisenbett durch Mauerteile eingeklemmt und phantasierte bereits, zwei waren Offiziere, einem hatte ein Stück Fensterrahmen die Augen verletzt und dem anderen ein Holzstück die Zähne demoliert. Zum Dank bekam ich von einem der Offiziere seine Pistole als Geschenk.

Das Chaos im Kessel Heiligenbeil war grausam, jegliche Führung fehlte nunmehr, und mein Instinkt sagte mir: Nichts wie raus. Nur, wohin? Ich schleppte mich zur Anlegestelle der Fähre nach Pillau. Dort sah es noch trostloser als in der Stadt aus, es war voller Flüchtlinge mit Pferdegespannen, Soldaten, Verwundeten. Das Eis war schon so weit aufgetaut, dass keine Fahrzeuge und Trecks mehr darauf fahren konnten, also ging ab sofort alles nur noch per Fähre. Die Fähren wurden natürlich stets gnadenlos überladen, sodass manche mit der gesamten Besatzung und Ladung sanken. Dazu kamen noch die Luftangriffe der Sowjets. Ich schaffte es, mich an der Kontrolle vorbei auf die Fähre zu schleichen und mich unter einem Flüchtlingsfahrzeug zu verkriechen. Dort habe ich dann die meiste Zeit geschlafen und war total durchnässt und durchgefroren, als wir nach vielen Stunden und einigen Manövrierkunststücken im Hafen Pillau ankamen. Vom Flugplatz Pillau starteten noch Flugzeuge. Wir Versprengten wurden gesammelt und zur Arbeit eingesetzt. Wegen der schweren Luftangriffe hielt ich mich mit wiedergefundenen Kameraden meiner Division tagsüber in den Dünen auf. Die Kämpfe um Pillau waren so verlustreich, dass vom 29. bis 31. März 1945 eine Waffenruhe vereinbart wurde. Während dieser Zeit waren wir in der Stadt zum Aufräumen eingesetzt.

In diesen Tagen hatte sich eine Gruppe von Versprengten unserer Division gebildet, und unser Oberleutnant aus Nürnberg meinte, wir sollten uns zu Fuß auf dem Landweg über die Frische Nehrung nach Danzig absetzen. Das sind sicher stolze 150 Kilometer. An meinem 19. Geburtstag, dem 1. April, marschierten wir ab Mitternacht über den als Straße verlegten Knüppeldamm nach Westen. Während des Tages erfolgten laufend Luftangriffe. Am Abend kamen wir nach etwa 45 Kilometern in einer Ortschaft an, die natürlich auch mit Flüchtlingen und Militär überfüllt war. An ein Quartier war nicht zu denken, wir saßen eben so herum. Dabei erfuhren wir, dass der Russe bereits bei Danzig zur Ostsee durchgebrochen und Ostpreußen vom Reich abgeschnitten sei. Was unseren Oberleutnant bewog, daraufhin wieder nach Pillau zurückzukehren, war mir ein Rätsel. Doch er besorgte sich tatsächlich einen Holzvergaser-Lkw, ließ ihn von uns flott machen, und ab ging es. Am 5. April waren wir wieder im Hafen von Pillau angekommen, wo wir das zum Truppentransporter umgebaute norwegische Handelsschiff »Goija« mit 10000 Bruttoregistertonnen vorfanden. Durch irgendwelche Beziehungen unserer »alten Hasen« konnten wir nachts und mit Verpflegung versorgt an Bord gehen. Das Schiff war vollkommen überbelegt mit etwa 500 Schwerverwundeten, mehr als 5000 Zivilisten und Soldaten sowie modernen Fliegerabwehrgeräten im untersten Laderaum. Was uns dazu bewogen hat, auf dieses Schiff zu gehen, kann ich auch nicht erklären. Wir gingen das große Risiko der Seeüberfahrt nach Swinemünde ein, obwohl wir doch wussten, dass wir nicht mehr gewinnen konnten. Darüber hinaus war uns auch klar, dass russische U-Boote in der Ostsee auf deutsche Schiffe lauerten, um sie zu versenken. Aber Tausende von Soldaten, die auf dem Festland in Ostpreußen geblieben waren, kamen dort in russische Gefangenschaft.

Unsere Route ging von Pillau über Hela nach Swinemünde bei Stettin und dauerte fünf bis sieben Tage. Die Platzverhältnisse waren schlimm – aber was bedeutete das damals schon. Die »Goija« war ein Alleinfahrer mit über zwanzig Knoten Fahrleistung und wurde von einem Minenräumboot als Vorausfahrzeug begleitet. Einige Male gab es U-Boot-Alarm, und wer an Deck konnte, sollte die Schwimmweste anlegen. Das Gedränge war unbeschreiblich. Zwischendurch hatten wir Luftangriffe, und die Bomben fielen in unmittelbare Nähe, aber unsere Flak konnte die Angriffe immer abwehren. Wegen dichten Nebels lagen wir ein bis zwei Tage auf der offenen See, wahrscheinlich hatte das Schiff noch kein Radargerät. In Swinemünde angekommen, sahen wir im Hafen mehrere auf der Seite liegende und bei Luftangriffen versenkte Transportschiffe. Eines davon soll mit den gesamten Flüchtlingen an

Bord untergegangen sein. Wir waren dankbar, dem Seetod noch einmal entronnen zu sein, und hatten riesigen Respekt vor den Leistungen des Kapitäns, der Besatzung und der Flaksoldaten. Unsere brave »Goija« wurde, wie ich nach dem Krieg in der Zeitung gelesen habe, auf der nächsten Fahrt von Pillau nach Swinemünde durch russische U-Boote mit über 6000 Menschen an Bord in der Ostsee versenkt.

Der Hafen wurde wegen der zu erwartenden Luftangriffe natürlich so schnell wie möglich von den vielen Menschen geräumt. Meine Kameraden von den »Hermann Göring«-Divisionen wurden gesammelt und nach Berlin, Garnison Velten, in Marsch gesetzt. Es waren wohl mehrere Hundert Soldaten. Dem einen Hexenkessel war ich mit allergrößtem Glück entronnen und kam nun mit Volldampf in den Endkampf-Kessel Berlin! Was für eine Ironie des Schicksals nach der abenteuerlichen Flucht aus Ostpreußen, um in den Westen zu gelangen!

In der Kaserne in Velten, nördlich von Berlin, wurden die wenigen Hundert Leute von unserer Division wieder gesammelt und zu einer neuen Kampfgruppe aufgestellt. Auch unser General, General-Leutnant Schmalz, war zu uns gestoßen und war über die ausweglose Lage und auch über unseren Zustand betroffen. Wir sahen aus wie die Wilden. Seit Monaten hatten wir uns nicht mehr rasiert und hatten auch entsetzliche Haarmähnen. Aber nach einigen Tagen sahen wir wieder ordentlich aus und wurden mit neuen Fallschirmjäger-Uniformen eingekleidet. Und dann ging es auf in den »Endkampf« um Berlin. Meine Gruppe wurde nach Reinickendorf abgestellt, um die alten Verpflegungs- und Bekleidungsbestände geordnet unter die Menschen zu bringen und die Depots zu sprengen. Beim Absetzversuch nach Westen kamen wir am Olympia-Stadion und im Raum Spandau-Grunewald zum Einsatz. Berlin war ab dem 22./23. April 1945 völlig von den Russen eingeschlossen. Dauerkämpfe! Keiner wusste mehr, wo der Feind war. Starke russische Panzerverbände waren eingesetzt. Die noch freien Gelände- und Ortsteile wurden laufend von der Stalinorgel beschossen. Wie bereits in Ostpreußen gehabt, konnte man sagen. Warum mussten wir auch unbedingt noch einmal nach Berlin kommen? Nach schwerem Artillerie- und Werferbeschuss in der Gegend von Ruhleben zogen wir uns in die innenliegenden Häuser zurück. Am 27. April hatten wir dann wieder Häuserkämpfe, dabei wurde ich von einem Heckenschützen mit einem Durchschuss am linken Unterschenkel verwundet. Ein Kamerad brachte mich anschließend in das Lazarett Westend – und damit war endlich Schluss mit meiner Kriegstätigkeit. Hätte ich keinen so guten Arzt gehabt wie den, der den Schusskanal in den nächsten Tagen von den Wäsche- und Uniformfetzen gereinigt hat, wäre ich wahrscheinlich bei russischer Behandlung gestorben, denn am 29. April 1945 wurde das Krankenhaus Westend von den Russen eingenommen. Viele Kameraden starben. Einen Tag später erfuhr ich, dass Adolf Hitler am 30. April gefallen sei, erst später hörten wir auch, dass er seine Frau und sich selbst im Führerbunker in der Reichskanzlei in Berlin erschossen hatte. An diesem Tag endete, zwar voraussehbar, aber dennoch enttäuschend meine einjährige Soldatenzeit.

Es waren schwere und verlustreiche Kämpfe unseres »Fallschirm-Panzer-Korps Hermann Göring« in Ostpreußen, in denen die meisten meiner Försterkameraden und der anderen von den Batterien und Zügen gefallen, verwundet, vermisst oder in Gefangenschaft geraten sind. Nach zuverlässigen Angaben wurden von unserem Korps in Ostpreußen eineinhalb Divisionen mit etwa 24 000 Soldaten eingesetzt. Alleine von Januar bis April 1945 hatten wir Verluste von 15 000 Mann erlitten, dazu kamen noch die Ausfälle von den Herbstkämpfen 1944 mit rund 1000 Mann. Ostpreußen, das Land der Seen, Felder, Wälder und schönen Städten, hatte ich einmal anders erleben wollen. Damit waren auch alle früheren und stillen Hoffnungen auf einen Endsieg und ein Großdeutsches Reich dahin. Alles war umsonst gewesen. Mir blieben nur das nackte Leben, wofür ich Gott aber dankte.

Das Kapitel Soldat war damit abgeschlossen, nun begann die Tragödie Kriegsgefangener in Russland – Woyna Pleny.

Der Alte von Gömörnanas

Erinnerungen eines unbekannten Soldaten, Ostfront, Heeresgruppe Süd

Es war kurz vor dem Weihnachtsfest 1944 in Westungarn, in den Tagen, als die deutsche Front in Ungarn zurückgenommen werden musste. Wir näherten uns dem kleinen Ort Gömörnanas. Noch ehe wir aber den Ortsrand erreicht hatten, hieß es Halt, und wir mussten Stellung beziehen. So lag das Dorf in unserem Rücken, und alle Pläne und Gedanken für Weihnachten, die uns während des Marsches durch die Köpfe gegangen waren, waren zerstört. Zwei volle Tage waren wir nun schon in dieser Stellung, zwei Tage näher dem Weihnachtsfest, aber ohne große Hoffnung auf Ablösung. Da berichtete der Melder der Kompanie, dass die Gruppe am Abend herausgezogen werde, um im Ort Quartier zu nehmen. So stand ich bald vor einem Haus, das mir zugewiesen wurde, unmittelbar an der breiten Dorfstraße, und wartete in der stockfinsteren Nacht, bis der Herr des Hauses öffnete. Nach einigem Warten fiel ein Lichtschein durch die Ritzen der Tür. Es erschien ein alter, kahlköpfiger Mann, dessen Gesicht halb im Schatten, halb im Licht der Petroleumlampe zu erkennen war und der mit seinen Blicken angstvoll fragend den

Fremden musterte. Meinerseits folgten nun viele Gesten und Gebärden, da ich die Landessprache ja nicht beherrschte. Dem Alten war bald klar, was ich wünschte, und er ließ mich eintreten. Er drehte die Lampe heller, sodass der Schein auch in die dunklen Ecken des Raumes drang. Dann legte er Reisig auf die Glut des primitiven Ofens und brachte mir Wasser zum Reinigen. Während er so vor sich hinarbeitete, betrachtete ich den Gastgeber und freute mich, in dieses arme, einfache Haus gekommen zu sein. Das faltenreiche, aber gütige Gesicht, die Besorgnis, die er für mich walten ließ, seine ganze Art überhaupt – ich war so angetan, dass ich ihn »Vater« nannte, was der Alte auch zu verstehen schien. Viel hat er noch in dieser Nacht für mich getan, der Einsame, dessen Frau schon unter der Erde ruhte und dessen Sohn irgendwo an der Front steckte. Als der Mann die Lampe löschte und sich auf den mit Fellen und altem Kleiderwerk bedeckten Diwan niederließ, war der neue Tag schon angebrochen. Am Morgen musste ich von dem guten Alten Abschied nehmen. Wir sprachen beide nicht viel und haben uns doch verstanden. An der Tür kämpfte er mit den Tränen. »Auf Wiedersehen, und danke, Vater!« Auf Wiedersehen, stand auf seinem Gesicht, und dann noch zwei Worte, die nicht mir galten, sondern einem anderen – seinem Sohn! Wenige Tage nach dieser freundlichen Aufnahme marschierten die Russen in dieses Dorf ein. Meine Gedanken aber eilten oft hin zu dem einfachen Haus an der Dorfstraße, in dem der Alte von Gömörnanas wohnte.

Die letzten Wochen und Monate des Krieges waren ausgefüllt mit Rückzug, Marschieren, Einsatz, Absetzen und Angreifen. Teile unseres Regiments – auch unsere Schwere-MG-Kompanie – wurden immer wieder als »Feuerwehr« eingesetzt, wenn es da und dort »brannte«. Die Sehnsucht nach baldigem Frieden war unter den Soldaten groß. Wir hatten schon lange den Glauben an den Endsieg verloren. Warum wir nicht aufgaben oder gar zu den Russen überliefen? Hauptsächlich aus der Einsicht, dass wir gerade jetzt die Stellungen halten müssten, so lange es irgendwie ging, um Hunderttausende flüchtender Deutscher, Frauen, Kinder und alte Männer, vor der Vergeltung der russischen Soldaten zu retten. Wir haben unter den oft unmenschlichsten Bedingungen hinhaltenden Widerstand geleistet. Viele deutsche Soldaten haben dabei mit ihrem eigenen Leben bezahlt, um andere zu retten. Das sollten wir der jetzt lebenden jungen Generation bewusst machen, damit Geschichte nicht einseitig geschrieben wird. Wenn ich meine kleinen, in Stenografie beschriebenen Zettel aus den letzten Wochen des Krieges anschaue, dann lese ich dort meist von schweren Kämpfen. Wie froh waren wir dann doch, wenn wir nach so hartem Frontleben für ein oder zwei Tage aus dem Kampfgeschehen herausgezogen wurden und uns in rückwärts liegenden Ortschaften etwas erholen konnten.

Ja, auf so einen Ruhetag hatten wir uns gefreut. Wir waren noch in der Slowakei. Meine Schwere-MG-Gruppe, durch Ausfälle auf nur noch sieben Mann geschrumpft, hatte für die Ruhezeit in einem großen bäuerlichen Anwesen, einem Vierseithof, von unserem Quartiermacher einige Zimmer zugewiesen bekommen. Mein langes, schmales Zimmer teilte ich mit einem Kameraden. In der Mitte einer Längsseite war die Tür, an den beiden schmalen Wandseiten je ein großes Fenster. Die Bauersleute, eine große Familie, hatten in diesem Zimmer nur zwei Holzbetten belassen, die hintereinander an der Längswand standen und nur mit Stroh bedeckt waren. Wahrscheinlich hatten die Besitzer deshalb alles Sonstige ausgeräumt, weil sie sich damit direkt unter uns im Keller eingerichtet hatten. In diesen zwei Tagen fiel nur ein Schuss. Er kam aus einer russischen Kanone und hatte sich ausgerechnet unser Zimmer ausgesucht. Mein Kamerad schlief auf seinem Stroh, ich war für kurze Zeit aus dem Raum gegangen, als diese Granate einschlug. Sie durchbrach die Mauer knapp über dem oberen Fensterrahmen, durchschlug mein Holzbett am Fußende, rutschte dann unter dem Bett des schlafenden Kameraden durch und blieb quer vor dem gegenüberliegenden Fenster liegen, ohne zu explodieren! Für jeden erfahrenen Soldaten ist in so einer Situation wohl der erste Gedanke, es könnte sich um einen Zeitzünder handeln. Um meinen schlafenden Kameraden brauchte ich mich nicht zu kümmern. Der sprang, wie von einer Tarantel gestochen, aus dem Bett und rannte aus dem Zimmer. Wichtiger war, die Bauersleute im Keller zu verständigen, die dort unten verängstigt zusammensaßen. Wir »deutschen Gäste« berieten uns, was nun zu machen sei. Die Granate musste aus dem Zimmer und aus dem Haus. Niemand meldete sich freiwillig, und ich wollte keinem Kameraden den voraussichtlich gefährlichen

Auftrag erteilen. So habe ich nach kurzer Bedenkzeit Soldbuch, meine wenigen Fotos, Tagebuchnotizen usw. aus den Uniformtaschen entnommen und einem danebenstehenden Kameraden gegeben, mit der Bitte, diese Sachen meinen Eltern zukommen zu lassen, wenn mir etwas passieren sollte. Dann ging ich in den Raum, in dem die Granate lag, und öffnete zunächst das große Fenster. Draußen war ein Vorgarten, auf dessen schwarzer Erde da und dort noch kleine Schneereste lagen; aber der Boden schien locker und nicht mehr gefroren zu sein. Das gab mir etwas Hoffnung für mein Vorhaben, das Geschoss so weit wie möglich in den Garten zu werfen. Ich schaute mir die Granate an und bemerkte, dass der Zünder, ein kleines halbrundes Hütchen, vorne verbogen war. Ich werde wohl ein Stoßgebet zum Himmel gesandt haben, dann hob ich das ungute Ding mit seinem stattlichen Gewicht vorsichtig auf und warf es so weit, wie es mir möglich war, in den Garten, während ich mich im Zimmer schnell auf den Boden fallen ließ. Es war ein Aufatmen, als in den ersten Sekunden und weiterhin alles ruhig blieb. Dann nahm ich meine Utensilien wieder an mich und verständigte in Zeichensprache auch die verängstigten Leute im Keller. – Haben wir nicht alle einen Schutzengel gehabt?

Und manchmal verdient man sich diesen Schutzengel auch. Ich erinnere mich an die letzten Kriegsmonate noch sehr genau, an unsere Verzweiflung, unser Bangen. Ein Erlebnis hat sich mir besonders eingebrannt: Da an der Front Ende Dezember wieder einmal eine Umgruppierung der noch immer hart kämpfenden Truppe stattfand, sollten wir mit dem Marsch zur Hauptkampflinie noch warten, bis man wusste, welcher Kompanie unsere schweren Maschinengewehre unterstellt und wo sie eingesetzt werden sollten. Ich war also ein paar Tage noch beim Tross unserer Kompanie. Da trat eines späten Nachmittags – ein schöner, sonniger Novembernachmittag – Oberjäger Ernst Schmid mit zwei gefangenen russischen Soldaten in Uniform auf mich zu: »Gefreiter! Sie gehen mit! Wir haben den Befehl, die Russen zu erschießen!« Noch einen weiteren Kameraden aus dem Tross verpflichtete Oberjäger Schmid mitzukommen.

Im Gänsemarsch zogen wir zur Ortschaft hinaus, voran die Todeskandidaten mit Spaten und Hacke, ausgeliehen von den Dorfbewohnern. In meinem Kopf arbeitete es. Zeit gewinnen, um das Richtige dem Oberjäger zu sagen! Zunächst war es ganz still, wie wir so marschierten, bis der Oberjäger in diese Ruhe hinein sagte: »Erschießen kommt nicht in Frage! Wir lassen sie laufen!« Diese Worte waren für uns eine Erlösung von einem gewaltigen seelischen Druck. An einer Waldecke hielten wir an. Große Angst stand in den Gesichtern der wehrlosen Russen. Da machten wir ihnen eifrig gestikulierend klar, dass sie am gegenüberliegenden Waldrand, der nur durch eine schmale, etwa 30 Meter breite Wiesenmulde von uns getrennt war, graben müssten; dass sie aber, wenn wir »streljat« (in die Luft schießen), in den leicht ansteigenden Bergwald abhauen sollten. Ob die Gefangenen uns dies glaubten? Was wohl beim Graben in ihnen vorging? Was sie an Todesangst gelitten haben mögen? Wir wussten es nicht, aber wir selbst waren auch in Gefahr. Eine Weile mussten wir sie schon graben lassen, damit unsere Schüsse nicht schon nach kurzer Zeit im Ort gehört werden konnten, dann schossen wir mit den Karabinern in die Luft, und der Oberjäger jagte mit seiner Maschinenpistole eine Salve nach. Es war der Bruchteil einer Sekunde, dass die Russen sich erschreckt zu uns umschauten, dann die Werkzeuge fallen ließen und um ihr Leben in den Wald rannten. Wir blieben noch eine Weile stehen. Wer glaubt, wir hätten große Gespräche geführt über Befehlsverweigerung, über die Genfer Konvention oder über die Haager Landkriegsordnung, der irrt. Ich war damals über 21 Jahre alt und habe von diesen Verfügungen kaum etwas gewusst. Es war einzig und allein unser Gewissen, das uns in dieser Situation sagte: »Du sollst nicht töten!« – Mein Kompaniekamerad und ich hatten das große Glück, dass unser Dienstrangvorgesetzter, Objäger Schmid, auch so dachte.

So verließen wir erleichtert die vermeintliche Hinrichtungsstätte. Beim Tross wollte uns niemand fragen, auch jene Offiziere nicht, die den Erschießungsbefehl nach unten weitergegeben hatten. Seit diesem Erlebnis im Kaukasus sind über sechs Jahrzehnte vergangen, das Erschießungskommando habe ich nie vergessen. Da kommen dann Gedanken: Wie wird es den zwei gefangenen Russen, die wir laufen ließen, weiter ergangen sein? Haben sie den schrecklichen Krieg überstanden, oder hat der Tod sie doch noch eingeholt? Haben sie vielleicht deutsche Soldaten schlecht oder auf Grund ihres Erlebnisses gut behandelt, sie vielleicht sogar vor dem Tode bewahrt?

Wir Landser freuten uns doch immer, wenn man nach tagelangem Stellungsleben oder Marschieren hörte: »Heute Abend kommt ihr in ein Haus, und morgen ist Rasttag.« Mit diesen Worten empfing uns Ende Januar der Quartiermacher unserer Kompanie, der uns irgendwo in der Slowakei in einem Dorf erwartete. Wir waren an diesem Tag bereits 40 Kilometer »gewetzt«, und die letzten acht Kilometer ging's im tiefen Schnee durch Wald und über Felder, um den Weg abzukürzen. Als wir den Einweiser sahen, waren wir schon sehr froh, und mancher von uns hob sein »blaues Köpferl« und fragte: »Wie weit geht's noch?« Nach einigen Hundert Metern stand ich mit meiner Schweren-MG-Gruppe vor einem kleinen Haus, das uns zugewiesen wurde. Zwar waren hier schon andere Soldaten einquartiert, doch diese meinten, wir könnten ruhig bleiben, da sie in der Nacht noch abmarschieren müssten. So öffneten wir die Tür zum Nebenzimmer, damit die Wärme auch in unseren Schlafraum einziehen konnte. Meine Kameraden holten Stroh herbei und begnügten sich mit dem Stubenboden. Ich aber entdeckte eine breite Bank, die zugleich, wenn man den Deckel anhob, als Bett diente. Voller Freude tauchte ich in die weichen Kissen, breitete eine dicke Decke über mich, und weg war ich! Der wohlverdiente Schlaf dauerte nicht lange, denn die Feldküche war eingetroffen, und ich wurde zum Essen geweckt. Beim düsteren Schein einer Petroleumlampe schlürften wir die heiße Suppe. Hierauf ging ich wieder zurück ins dunkle Nebenzimmer, zog die Schlafdecke beiseite und wollte wieder in den »Kahn« einsteigen, um weiterzuschlafen. Da richtete sich ein junges Mädel auf und wehrte mit beiden Händen ab: »Kamerad, nix! Kamerad, mein Bett!« Ich war nicht wenig erstaunt, in »meinem« Bett auf einmal diese Nixe zu finden, und weiß heute noch nicht, wie und woher sie kam. Tatsache aber war, dass ich nun vor dem Bett stand, halb wütend, halb bittend, sie möchte doch wieder hingehen, wo sie hergekommen war. Aber das Mädel zog die Decke fester an sich und sagte immer nur: »Kamerad, nix! Kamerad, mein Bett!« Nach einigem Hin- und Herreden musste ich einsehen, dass ich um die weichen Kissen für diese Nacht gekommen war, nahm einen Arm voll Stroh und legte mich auf den Fußboden, neben dem Bankbett. Ich habe wunderbar geschlafen! Und als ich mich am Morgen von meinem Strohlager erhob und in die Küche trat, da lachte mich ein etwa achtzehnjähriges Mädel schelmisch an. In ihr erkannte ich sofort die Räuberin meines Bettes, doch konnte ich ihr nun nicht mehr böse sein. Noch einige Stunden durften wir bei der jungen Slowakin und ihrer Mutter zubringen, dann sagten wir den beiden ade, wie schon so vielen fremden Menschen, die uns gut aufgenommen hatten. Etwa zwei Kilometer vom Ort entfernt lag ich am anderen Tag mit meiner Gruppe in Stellung. Die Stalinorgel trommelte bald in dieses Dorf. Wenn ich die Einschläge aufblitzen sah, dachte ich immer an das kleine Haus und die lieben Menschen und wünschte, dass der Herrgott sie und ihr Haus verschonen möge.

Es waren diese kleinen Geschichten, die mir am längsten in Erinnerung blieben, nicht die großen Schlachten, nicht das Getümmel, und es blieb das Ende dieses blutigen Krieges haften, das für mich und meine Kameraden am 9. Mai 1945 in Deutschbrod in der Tschechei kam. Dorthin waren wir von der Roten Armee zurückgedrängt worden. Eine ungünstige Stellung, um den Krieg zu beenden. Die Tschechen waren nach sechsjähriger Besetzung durch die Deutschen alles andere als gut auf uns zu sprechen. Nachdem wir entwaffnet worden waren, hätten sie uns am liebsten allesamt erschlagen. Die Russen mussten dazwischengehen. In großen Gruppen trieb man uns wie eine Herde Vieh nach Pressburg. Dort wurden wir dann in Waggons verladen. 45 Mann in einem Wagen. Die Dachluken waren mit Stacheldraht verhaut. Wir bekamen tagelang nichts zu essen und zu trinken, und die Kameraden um mich herum starben wie die Fliegen. Vier Wochen später war Endstation: Leninagorsk in Sibirien. Es begann meine über vierjährige Gefangenschaft.

Friedhöfe

Gerd Rube, Rimsting, Leutnant
Endkampf in Berlin

Gerd Rube, der das Erscheinen dieses Buches leider nicht mehr miterleben konnte, war ein begnadeter Erzähler. Wie einen Film sehe ich deshalb heute noch vor mir ablaufen, was ich von ihm über seine Erlebnisse im Endkampf um Berlin im Frühjahr 1945 gehört habe, und mir ist an vielen Stellen, als hätte ich selbst gesehen, gehört, gerochen, geschmeckt und gefühlt, was doch in Wirklichkeit gar nicht mir, sondern ihm widerfahren ist. In der folgenden Schilderung mischt sich deshalb mein eigenes Bild von einer Stadt im Todeskampf mit dem, was ich von Gerd Rube über seine Erlebnisse in jener Stadt gehört habe.

Der Tag fand kein Ende, der Abend nicht die Nacht. Roter Schein lag noch immer hell über der Stadt, selbst als das Licht des Nachmittags sich längst verabschiedet hatte. Schöner als jeder Sonnenuntergang war dieses Rot noch achtzig Kilometer entfernt zu sehen, wenn auch nur mehr als leichter Schimmer. Ein Flimmern wie in der heißen Luft des Hochsommers verschob den Horizont, sodass Konturen schwer zu erkennen waren – nicht etwa wegen der

Dunkelheit, sondern wegen des gebrochenen Lichts, das alles ins Schwimmen brachte. Wie die mehrfache Abbildung einer geometrischen Figur lag unter dem Lichtschein die Silhouette der Metropole, sich noch ein letztes Mal aufbäumend, einem Schwerverwundeten auf seinem Totenlager gleich. Rauch stieg auf in schwarzen Fahnen, im Wind sich gen Osten tief hinunterneigend, wie ein erstes Zeichen der Unterwerfung, des Untergangs, den einzugestehen es bald gelten sollte. Nie zuvor hatten in der Geschichte der Menschen und niemals danach haben so viele von ihnen einen Riesen in seinem Todeskampf begleitet oder sind gar mit ihm gestorben. Immer wieder bebte in diesen Stunden die Erde, was freilich erst nahe an der Stadt zu spüren war, während man den Donner, das Grollen, noch einen Tagesmarsch entfernt vom Ursprung hören konnte. Wie eine stählerne Walze bewegte sich ein Zittern, von tief unten kommend, auf die Stadt zu. Wer es noch nicht in den Knien spürte, hatte es längst im Genick sitzen, wie die Faust, die einen von hinten gegen die Wand drückt, bis die Luft wegbleibt. Und obwohl die Menschen zu dieser Zeit schon jedes Leid gewohnt waren, jeden Tod erlebt hatten, jedes Sterben kannten, fühlten sie den neuen Schauer. Etwas noch Schwereres, etwas noch Unheilvolleres, etwas Ungeduldiges und zugleich Endgültiges rollte auf sie zu. Etwas, das allen die gleiche Angst machte. Berlin, die große Hauptstadt des Reiches, von der so viel für die Zukunft abhing, hatte eine letzte Prüfung zu bestehen.

Die Bombenangriffe der Alliierten wurden in jenen Tagen immer heftiger, dauerten stundenlang an. Hunderte, Tausende von schweren amerikanischen und britischen Flugzeugen kreisten über der Stadt, warfen wütend ihre todbringende Last ab. Tag für Tag, Nacht für Nacht. Ein Ascheregen ging auf die Ruinen nieder, die wieder und wieder von der Explosion der Bomben umgepflügt wurden. Es schien, als wollten die Brände nie mehr erlöschen. Eine hohe Rauchsäule stand schließlich über Berlin. Von oben, aus den Kampfflugzeugen heraus sah es aus, als hätte jemand den Trümmern ein gewaltiges schwarzes Eisen ins Herz gerammt. Mitten hinein. Die Straßen der Hauptstadt waren nicht mehr zu erkennen, nur noch schmale Gräben zwischen Bergen aus Schutt und Asche. Kein Horizont mehr.

Während ihre Gemäuer selbst noch bis zum letzten Tage litten, hatten sich die Berliner längst an all diese Schauer gewöhnt. Das Brummen der Bomber war ihnen vertraut wie das ihrer U-Bahn. Die Menschen lebten ausschließlich unter Tage, richteten sich ein, wurden grau, wie der Staub und der Schutt. Die Trümmer gaben ihnen Sicherheit und den Feinden kein Ziel mehr. Die Bomben fielen weiter. Der Tod hielt ein Bankett mit vielen Gästen. Die Balken des Tausendjährigen Reiches, das nur ein knappes Dutzend schaffen sollte, bogen sich in jenen Tagen und Stunden zum letzten Mal in der Flut der Gegner. Dann brachen die Schotten, und es war, als ob in ein sinkendes Schiff in Sekunden Wasser einströme. Die Opfer aber nahmen die Geschehnisse um sich herum längst wie in Zeitlupe wahr. Langsam, unendlich langsam ging alles, seitdem die Heeresgruppe Mitte, eine gewaltige Armee von tausend Panzern modernster Art und einer Mannstärke von fast einer Million vor drei Jahren an den Pforten der russischen Hauptstadt mächtig angeklopft hatte, schließlich aber unter der unvorstellbaren Übermacht der Roten Armee einknickte. Damals, als die ersten deutschen Soldaten im Norden der Stadt die Moskauer Straßenbahn eroberten und Spähtrupps ein paar Kilometer Richtung Kreml fuhren, wurde der erste Samen der Niederlage gepflanzt. Zaudern. Und dann die Hand nach allem gleichzeitig ausstrecken. Zu viele Ziele in zu kurzer Zeit mit zu wenig Mitteln. Jetzt, nur drei Jahre später, war das Dritte Reich am Ende, die Armee verblutet.

Der Endkampf um die Reichshauptstadt begann mit einer seltsamen Ruhe. Noch am Abend des 16. April hatten die Briten einen verheerenden Bombenangriff auf die Stadt geflogen. Dann wurde es still, die Nacht brach herein, und die Bomber blieben aus. Seltsame, schwarze Stille. Die Ruhe vor dem Sturm. Für ein paar Stunden war es beinahe wie im Frieden. Dann brach sie los, die Flut. Um drei Uhr morgens zersplitterten in den östlichen Vorstädten Berlins alle noch heil gebliebenen Fenster. Vom Horizont her war ein wachsendes Rollen und Beben zu hören, welches das Blut in den Adern gefrieren ließ und ein erster Vorbote des Unheils war. Die russische Endoffensive begann mit dem Feuerüberfall aus 22000 Rohren. In den nächsten 16 Tagen sollten jede Minute sieben deutsche und sieben russische Soldaten im Kampf um Berlin fallen. Jede Minute. Über 800 Tote in der Stunde, über 10000 pro Tag. Der Zweite Weltkrieg endete mit einem seiner blutigsten Kapitel.

Mitten in dieses Chaos hinein fuhren am 17. April Leutnant Gerd Rube und sein Unteroffizier Christian Güldenstein, im Zivilberuf ein Berliner Taxifahrer. Beide ahnten, dass es ihr letzter Auftrag werden würde, den sie in diesem Krieg zu erledigen hatten. Rube hatte vor ein paar Tagen den Versetzungsbefehl erhalten: Von der 19. Armee am Oberrhein nach Berlin, Verteidigungsabschnitt »Heinrich« – ein schlechter Tausch in diesen letzten Apriltagen des Jahres 1945. Vor nicht allzu langer Zeit wäre der junge Leutnant, im Januar hatte er seinen 22. Geburtstag gefeiert, stolz gewesen – jüngster Artillerie-Chef eines Verteidigungsabschnitts in ganz Berlin. Acht Stück gab es, Rube bekam den letzten, ganz im Norden der Stadt. Sein Auftrag: rechtzeitig vor dem Eintreffen der Russen B- und VB-Stellungen zu erkunden und festzulegen. Beobachtungsstellen für die Ari und für die vorgeschobenen Beobachter also. Vierzig Geschütze, darunter der Flakturm am Humboldthain in Berlin-Mitte. Vor allem die drei Flaktürme – der von Rube am Humboldthain und die beiden anderen am Tiergarten und am Friedrichshain – waren auch jetzt, in den letzten Kriegstagen, noch gewaltige Mordmaschinen. Ihre riesigen Flak- und Schiffsgeschütze trugen Tod und Verderben über fünfzig Kilometer und weiter vor die Tore der Stadt. 25 000 Schuss an Munition ruhten in den Bäuchen der gewaltigen Betontürme, in denen Tausende Zivilisten Schutz suchten vor den Bomben der Alliierten.

Rube und Güldenstein ahnten, dass die Hauptstadt dem Untergang geweiht sein würde, bis sie sie erreichten. Dennoch hatten sie am 2. April 1945 in der Nähe von Karlsruhe ihre Reise ins Verderben begonnen. Die Franzosen besetzten die Stadt nur 48 Stunden später. Schon kurze Zeit nach ihrem Aufbruch schien es, als sei der Krieg für beide bereits vorüber: Rube und Güldenstein waren in amerikanische Gefangenschaft geraten. Es gelang ihnen jedoch, in der Nacht aus dem Gewahrsam auszubrechen. Im Dunkeln schlichen sie an den Platz zurück, wo sie von den Amis nachmittags entwaffnet worden waren. Und tatsächlich – da lagen sie noch: das Sturmgewehr mit vollem Magazin, eine 08, und Güldensteins MG 15 mit Munition. Nur den fahrbaren Untersatz, ihren zersiebten VW-Kübel, hatten die Amis weggeschafft. Ohne lange zu überlegen griffen sie sich ihre Waffen und tauchten in der Dunkelheit unter, marschierten in Richtung Osten. Sie hatten Glück und konnten mit der zufriedenen Faulheit der amerikanischen Soldaten rechnen. Die pflegten in der Siegesgewissheit der letzten Kriegsmonate nachts vor allem zu schlafen, erst um 6 Uhr aufzustehen und ihre Panzer anzuwerfen und dann vorsichtig und langsam vorzurücken. Rube und Güldenstein wussten das zögerliche Handeln der West-Alliierten zu nutzen, klauten sich einen US-Jeep samt aufgepflanztem MG und fuhren wie die Wilden durch das vom Feind nur spärlich besetzte Terrain, bis sie bei Pforzheim wieder auf eigene Truppen stießen. Dort mussten sie allerdings ihren Jeep abgeben – Treibstoffmangel. Ein Oberst der Waffen-SS kümmerte sich nur zu gerne um das liegengebliebene Fahrzeug. Rube und Güldenstein marschierten zu Fuß weiter in Richtung Südosten. Immer wieder ließen sie sich von einem Fahrzeug mitnehmen und zogen sich wegen ihrer Bewaffnung (im Hinterland) nicht selten neugierige Blicke zu. Ausreden brauchten sie nicht, sie hatten einen klaren Auftrag und alle nötigen Papiere. Kurz vor München genehmigten sich die beiden einen Abstecher in Richtung Ingolstadt, zu Rubes Verwandtschaft. Ihr Eintreffen rief Erstaunen und großes Hallo hervor. Die Männer stellten die Gewehre sorgfältig entladen in der Garderobe ab und fielen in einen fast 24-stündigen Tiefschlaf. Während sie schliefen, traute sich niemand an den Waffen in der Garderobe vorbei. Dieser Aufenthalt war für die beiden so etwas wie eine Insel in einer zusammenfallenden Welt. Ingolstadt selbst stand noch vor seinen schwersten Tagen.

Zwei Tage später machten sich die die beiden Artilleristen wieder auf den Weg. Hof, Magdeburg, Potsdam. Meist mit Lkw und der Bahn, immer wieder unterbrochen durch amerikanische Tieffliegerangriffe, Staus an wichtigen Knotenpunkten und Kontrollen in rückwärtigen Gebieten. Ein Major eines Ersatztruppenteils, den sie von der Wichtigkeit ihres Auftrags überzeugen konnten, stellte ihnen schließlich einen fahrbaren Untersatz zur Verfügung, schüttelte aber den Kopf, als er erfuhr, in welche Richtung sie unterwegs waren.

Berlin, 17. April 1945. Es geht dem Untergang entgegen. Auf allen Straßen und Wegen rollen zu dieser Stunde behäbig, viel zu langsam die Pferdefuhrwerke der Flüchtenden in Richtung Westen. Natürlich nur dort, wo es noch geht. Je weiter Rube und Güldenstein in Richtung Stadtmitte fahren, umso mehr gibt der Krieg seine Visitenkarte ab. An jeder Kreuzung, an jeder Häuserfront muss Halt gemacht werden. Trümmer, Trümmer, nichts als Trümmer. Die Straßen aufgerissen, mit metertiefen Trichtern. Brände wüten und machen ebenso wie riesige Blindgänger viele Umwege nötig. Durch dieses Chaos gibt es kaum ein Durchkommen. Und dort, wo sich die grauen Gestalten zur Masse stauen, dort fliegen die Russen mit ihren Jagdbombern Angriff um Angriff, mitten hinein, und fordern ihren Blutzoll. Wer überlebt, landet im immer noch intakten Netz der Auffangstäbe. Sie fahnden nach desertierenden Landsern, töten in Agonie alles, was verdächtig erscheint. Ein verlorenes Soldbuch, eine fehlende Urlaubsbescheinigung, ein unleserlicher Versetzungsbescheid – schnell wird daraus ein Totenschein. Rube und Güldenstein begegnen ausgemergelte Gestalten, die Panzerfaust, den Karabiner, das MG geschultert, das Bündel Stiel-Handgranaten an einer Schnur um den Hals. Vorbei ziehen sie an brennenden Wracks – stählerne Kolosse, aus der Luft tödlich getroffen, keine Reichsmark und keinen Schuss mehr wert, am Straßenrand liegend. Lastwagen, Panzer, Geschütze, sie stehen entlang der Alleen, zusammengeschossen. Das letzte Aufgebot, das die geschundene Hauptstadt retten soll, sieht erbärmlich aus. Den wenigen Fahrzeugen, die noch intakt und einem letzten Befehl folgend gen Osten unterwegs sind, fehlte es an Sprit. »Benzin nur mehr für Panzer«, lautet die Weisung zu einem Zeitpunkt, als es längst keine Panzer mehr gibt. Trotz des Befehls zum Sparen fahren in diesen Tagen mehr Lastwagen auf den deutschen Straßen als je zuvor. »Richtung Westen, den Amis entgegen«, lautet die Devise. Die

Tanks der Flüchtlinge sind mit besserem Treibstoff gefüllt als mit Benzin – mit Angst. Sie hat als einzige zu allen Zeiten die Menschen zur Methode gezwungen, sie dazu gebracht, die letzten Reserven zu mobilisieren. Und so raffen sich in diesen Tagen all jene auf, die noch nicht der Apathie anheimgefallen sind, ihr Heil in der Flucht sehen. Frauen, Kinder und Greise versuchen, sich vor der herannahenden Roten Armee in Sicherheit zu bringen, der Rache der Sieger zu entkommen. Die Etappe der Wehrmacht, Zahlmeister und Verwaltungschefs, blasse Uniformträger, Parteibonzen, die bis dahin noch keinen Schuss gehört haben, die in den Villenvororten Berlins den Bombenterror nur von Hörensagen kennen, machen sich zur gleichen Zeit in gleicher Richtung aus dem Straub. Untertauchen oder ab in die Alpenfestung – für die Etappe gab es nur zwei Möglichkeiten. Für die Zivilisten sogar nur eine: überleben.

Der Leutnant und sein Unteroffizier brauchen einen ganzen Tag, bis sie von Potsdam aus quer durch die Stadt endlich ihre Stellung am Humboldthain erreichen, ein Kellerloch unweit des Flakturms, dessen Geschütze derart dröhnen, dass bei jedem zweiten Abschuss Putz von der Kellerdecke regnet. Der Kommandierende des Verteidigungsabschnittes »Heinrich« ist nicht zu finden, sein Adjutant, ein Hauptmann mit nur einem Arm, staucht die beiden zusammen, schon längst hätte man sie hier erwartet. Er brüllt etwas von Fahnenflucht und Standgericht, setzt sich an seinen Kartentisch und verliert zum Glück seine Wut. Er weist Rube ein, der zusammen mit Güldenstein und einer Handvoll Soldaten in

Richtung Norden und Osten Stellungen für die Beobachter erkunden soll. Vier Tage geht alles gut. Während der Russe sich Stunde für Stunde der Hauptstadt nähert, die ersten Vorstädte erobert, den Ring um die Stadt schließt und schließlich zuschnürt, erleben Rube und Güldenstein die letzten ruhigen Tage. Sind in einer völlig intakten Metzgerei untergebracht, haben ausreichend zu essen und zu trinken und abends ein Dach über dem Kopf. Tagsüber wird erkundet – aber nicht, wo man am besten die Artillerie-Beobachter postieren könnte, sondern wie man sich am schnellsten aus dem Staub machen könnte, wenn der Russe kommt.

Immer stärker sind die Zeichen des Untergangs zu sehen. Die Kommandostrukturen lösen sich auf. Vorgesetzte Stellen melden sich nicht mehr. Wenn die Flaktürme einmal für kurze Zeit schweigen, ist jetzt sogar schon MG-Feuer in Berlin-Mitte zu hören. Und dann folgt Rubes letzter Auftrag. Er sollte der Beginn einer mehrtägigen Odyssee in der Reichshauptstadt werden: eine Erkundungsfahrt nach Weißensee. Karten gibt es nicht, dafür den Taxifahrer Christian Güldenstein, der seinen Wagen vollpackt mit ein paar bis an die Zähne bewaffneten Männern, aufs Gas tritt, neben ihm sein Leutnant. Immer wieder müssen sie Umwege in Kauf nehmen. Dann wird der Artilleriebeschuss so stark, dass Güldenstein auf die Bremse drückt und schreit: »Raus, sofort raus!« Der Letzte ist kaum aus den Wagen gesprungen, da erwischt ein Volltreffer das Auto, von dem nur noch Trümmer übrig bleiben. Stalinorgel. So nahe sind die Russen schon. Die Gruppe wird versprengt. Nur

Güldenstein und Rube bleiben zusammen. So, wie sie es in den letzten Monaten immer getan haben. Im Trümmermeer der Berliner Innenstadt und der hereinbrechenden Dämmerung verliert jetzt sogar der Taxifahrer Güldenstein seine Orientierung. Statt nach Westen marschieren die beiden nach Nordosten. Ein verhängnisvoller Fehler. An der Hansastraße treffen sie zum ersten Mal direkt auf Russen. Es fallen ein paar Schüsse aus nächster Nähe. Nur vier, fünf. Dann ist wieder Ruhe. Und doch sind die Folgen schwer. Güldenstein liegt auf dem Trottoir. Ein Querschläger hat ihm die ganze Stirn weggerissen. Neben ihm ein Fleck, der aussieht, als habe der Russe mit Tomaten geschossen. Gelbe und rote Stücke in roter Soße. Rube ist zum ersten Mal der Verzweiflung ganz nahe. Er kauert an einer Wand, und dicke Tränen kullern über seine schmutzigen Wangen. Immer wieder sieht er zu Güldenstein rüber, muss sich zusammenreißen, dass ihm nicht schlecht wird, und schämt sich dafür. Dann hat er keine Zeit mehr zu trauern: Die Russen kommen näher. Schon hört er vor sich die Straße hinunter laute Kommandos auf Russisch. Hinter sich bemerkt er plötzlich feldgraue Gestalten. Deutsche Kommandos. Er mitten drin. In Sekundenschnelle wird aus dem Straßenzug ein blutiges Schlachtfeld. Der Russe zieht sich in die Keller zurück. Irgendwo schießt eine versteckte Pak über Rubes Kopf hinweg. Die deutsche Kampfgruppe schafft es im Laufschritt bis an ihn heran. Ein schweres Maschinengewehr geht im Hauseingang neben dem jungen Leutnant in Stellung, schießt wie verrückt die Hansastraße hinunter.

Wie in Trance versucht sich Rube aus der Schusslinie zu retten. Während der wilden Schießerei bleibt er immer in Bewegung. Bewegliche Ziele sind schwerer zu treffen, denkt er. Mit einem Satz springt er in einen Hausflur, die Türe liegt auf der Straße. Rube hastet in das erste Zimmer links. Dort kauert ein zitterndes Mädchen, das auch noch zu schreien anfängt, als er mit dem Stahlhelm eine Fensterscheibe einschlägt, um besser nach draußen sehen zu können. Er packt sie an den Oberarmen und schüttelt sie hin und her, sie schreit noch lauter. Schließlich gibt er ihr eine Ohrfeige. Erst da wird sie still. Dann geht er wieder ans Fenster. Es wird ruhiger, der Kampf flaut ab. Nach einer Stunde ist kein Karabiner, kein MG mehr zu hören. Nur mehr die schwere Artillerie, die wahllos in die Straßen haut. Auch das Mädchen beruhigt sich wieder, lächelt ihn vorsichtig an. Sie ist wohl sechzehn Jahre, vielleicht auch ein bisschen älter. Rube schämt sich, dass er sie geschlagen hat. Für eine Entschuldigung bleibt keine Zeit. Er muss hier weg, zurück zum Flakbunker. Als er sich vorsichtig auf die Straße schleicht, sieht er das ganze Ausmaß des Unheils. Eine Granate hat einem der Soldaten den ganzen Unterleib abgerissen. Das Schlimmste: Er ist nicht sofort tot, schreit, bis der Kampf für ihn zu Ende ist. Rube kann nichts mehr für ihn tun. Sein Blut gefriert. Der Blutzoll, den die deutsche Kampfgruppe entrichtet hat, ist hoch. Drei Mann hat es schwer erwischt. Sie müssten eigentlich nach hinten gebracht werden, benötigen sofort ärztliche Hilfe. Doch die gibt es jetzt fast nirgendwo mehr in der Stadt. Verwundete Soldaten verrecken an allen Ecken und Enden. Dem Truppführer, einem junger Panzersoldaten, hat eine Gewehrgranate das ganze Bein aufgerissen. Er verliert viel Blut. Ein anderer Soldat stopft ein Verbandspäckchen nach dem anderen in die klaffende Wunde hinein. Der Truppführer wird die nächste Stunde nicht überleben. Er stirbt einen kalten Tod neben einer brennenden Hausruine.

Rube torkelt die Straße hinunter, diesmal in die richtige Richtung, denkt er. Wieder kann er sich nicht orientieren. Es ist Nacht und nichts als Zerstörung um ihn herum. Stundenlang schleicht er um Ecken, durch Keller, wird immer wieder in kleine Gefechte verwickelt, überlebt alle Scharmützel unverletzt. Irgendwann gegen Mitternacht fällt er völlig erschöpft in ein Kellerloch, hört erst nur seinen eigenen Atem. Die Sinne schwinden ihm. Endlich schlafen, denkt er, endlich ein paar Minuten Ruhe. Er kauert in einer Ecke des feuchten Raums, legt sein Ohr an die Wand. Da hört er Stimmen. Russen! Es ist ihm egal. Und tatsächlich. Auch der Feind ist heute todmüde. So schlafen sie Kellerraum an Kellerraum, der deutsche Offizier und die Russen. Morgens ist er zum Glück vor ihnen wach. 28. April, es ist kalt, doch schon bald sind seine Muskeln wieder einsatzbereit. Die Spannung kommt mit den ersten MG-Salven zurück. Wohin nur, wohin? Irgendwie landet er wieder auf einer Straße. An einer Straßenlaterne hängt ein Hauptmann. Stranguliert, die Hände auf dem Rücken zusammengebunden. »Ich war zu feige zum Kämpfen« steht auf einem Pappschild, das um seinen Hals baumelt. Rube stolpert weiter. Wie er plötzlich am Pankower Rathaus gelandet ist, kann er später gar nicht sagen. Ein großer Platz davor, um die Ecke die Garbaty-Zigarettenfabrik, völlig unzerstört. Einst wurde hier die Erfolgsmarke »Königin von Saba« produziert, ein milder Tabak, der in den goldenen Zwanzigerjahren zum Verkaufsschlager wurde. Rauchen. Eine Zigarette. Rube hat schon lange nicht mehr geraucht. Wie von einer unsichtbaren Hand geführt, läuft er in die Zigarettenfabrik. Wenn's schon nichts zu fressen gibt, denkt er sich. Rundherum ist jetzt wieder Kampflärm zu hören. Leider auch leichte Waffen. Er weiß, was das bedeutet: Der Russe ist in unmittelbarer Nähe. Er rennt durch eine Menge Büros, die allesamt leer sind. Papier auf dem Boden, die Fenster zersplittert, die Schreibtische umgeworfen. Immer wieder klaffen riesige Lücken im Mauerwerk, die einen freien Blick nach draußen ermöglichen. Und dann hört er ihn plötzlich durch eine dieser Lücken: seinen ersten T34. Den russischen Panzer schlechthin. Im Geleit eines Panzers ist im Straßenkampf immer auch viel Infanterie, das hat Rube vor drei Jahren an der Kriegsschule in Berlin-Bernau gelernt. Bernau, die Schule, sie sind nur ein paar Häuserblocks weiter. Rube lacht bitter. Nie hätte er sich damals gedacht, dass er hier einen kurzen Lebensabschnitt später im Dreck auf seinen Tod warten würde. Noch kann er den T34 nicht erkennen. Soll er in den Keller flüchten, weiter nach oben? Einen Augenblick packt ihn wieder Verzweiflung, doch dann hört er einen Schrei. »Los. Rauf, sofort rauf! Sucht euch ein Fenster. Verdammte Scheiße!« Und schon sausen ein paar Gestalten auf ihn zu. Eine deutsche Kampfgruppe, sechs Mann. Es gibt keinen Anführer. Als sie den Leutnant sehen, bleiben sie stehen. Einer macht stramm Meldung, doch Rube winkt ab. Die Soldaten erzählen dem Offizier, dass sich drüben im Pankower Rathaus 170 »Braune« verschanzt hätten. Parteibonzen und SS. Seit Stunden versuchen sie zu flüchten, der russische Panzer sei ihnen aber nicht geheuer. »Da kannste berühmt werden«, grinst einer der Soldaten. Und dann diskutieren die Gefreiten und Obergefreiten mit dem Offizier, wer die einzige Panzerfaust, die sie dabeihaben, abfeuern soll. Es wird der junge Leutnant sein. Die Männer vertrauen darauf, dass er es am besten gelernt hat. Rube denkt jetzt nicht mehr, er funktioniert. Panzerfaust? Wie war das nochmal? »Auf dem Abschussrohr befindet sich eine aufklappbare Metallschiene, die als einfaches Visier nach dem Prinzip der offenen Visierung dient. In der Metallschiene befinden sich Löcher (Lochkimmen) mit Meterangaben (30, 60, 80, bei Panzerfaust 60). Als Korn dient dabei die Oberseite der Granate. Abgeschossen wird die Panzerfaust entweder von der Schulter oder unter der Schulter, eingeklemmt zwischen Oberarm und Rumpf. Vorsicht! Der Gasrückstrahl kann tödlich sein.« Hinter dir darf also niemand stehen, denkt sich Rube. Er sucht sich eine gute Position, in der er die Straße perfekt überblicken kann. Da rollt er an, der russische Tank, speit eine gewaltige Rauchwolke aus den Auspuffrohren aus und schreit wie ein Tier. Rube hat nur einen Schuss, und dieser sitzt. Der Panzer bleibt mit einem Ruck stehen, hebt sich kurz und raucht dann aus allen Spalten. Die Mannschaft versucht auszubooten, wird aber von der kleinen deutschen Kampfgruppe niedergemacht. In diesen Stunden gibt es keine Gnade – auf keiner der beiden Seiten. Stunden später werden die sechs Soldaten im Pankower Rathaus mit dem EK II ausgezeichnet, Rube bekommt das EK I. Fast alle von den Parteibonzen haben sich, nachdem der Panzer vernichtet war, aus dem Staub gemacht. Und das tun die sechs Soldaten und Rube jetzt auch. Eines ist allen klar: Sie müssen raus hier aus Berlin – aber wie? Wieder werden sie geteilt. Häuserkämpfe gibt es jetzt in allen Straßenzügen rund um Berlin-Mitte. Rube ist plötzlich wieder alleine, rennt wieder um sein Leben. Irgendwann liest er ein Straßenschild, das so sauber und unbeschädigt ist, dass es ihm ein Lächeln entlockt. Voltastraße. Und dann stolpert er wieder in ein Haus. Und wie immer zieht es ihn zuallererst in den Keller. Als er die Türe aufstößt und in den gewaltigen Raum blickt, traut er seinen Augen nicht. Er steht mitten in einem riesigen Lebensmittellager. Fast könnte er heulen vor Freude. Schnell stopft er sich Schokolade in den Mund, durchstreift die Regale nach Trinkbarem, findet weißen Wein in vornehmen Flaschen, köpft sie wie die Russen ihre Wodka-Flaschen an einer Tischkante, säuft wie ein kleines Kind. Doch er hat die Rechnung ohne den Wirt gemacht. Noch bevor ihm der Alkohol in den Kopf steigen kann, stehen zwei Verwaltungsbeamte in schnieken Uniformen vor ihm. Der eine hat eine Pistole auf ihn gerichtet. »Raus hier, du Verbrecher, du Dieb«, schreit er Rube an. »Knall ihn ab!«, schreit der andere, und Rube weiß gar nicht, wie ihm geschieht. Und tatsächlich: Einer der beiden Uniformträger legt Rube, der immer noch die Weinflasche in der Hand hält, die Knarre an die Schläfe. Soll er wirklich hier in diesem verdammten Keller sterben, hier im Schlaraffenland? Rube merkt, wie seine Hände zittern, wie sein ganzer Körper zu beben beginnt. Er riecht das Waffenöl der Pistole, schließt die Augen, hört den Schuss – aber er spürt nichts. Verdammt, ich muss doch etwas merken, zumindest einen winzigen Schmerz, wenn die Kugel in den Kopf eintritt. Es fühlt sich an, als würde er immer noch stehen. Und tatsächlich, er steht. Da hört er Schreien, öffnet die Augen. Ein halbes Dutzend wilder Fallschirmjäger steht mitten im Keller. Zwei von ihnen führen die Verwaltungsbeamten ab. Oben hört man Salven aus Maschinenpistolen. Der Anführer der Fallschirmjäger, ein gegerbter Unteroffizier, der den Schuss in die Decke abgegeben hatte, der Rube das Leben gerettet hat, beginnt zu johlen. Seine Männer schreien mit, und dann beginnt ein wildes Besäufnis. Der junge Leutnant ist zu sehr mit sich beschäftigt, um jetzt die Eroberung des Lebensmittelagers mitzufeiern. Er bedankt sich artig, steckt an Scho-Ka-Kola und Kommissbrot ein, was er kann, und macht sich aus dem Staub. Oben am Treppenabsatz liegen die beiden Beamten. Ihre sauberen Uniformen sind blutgetränkt.

Wieder ist Rube alleine, springt von Bombentrichter zu Bombentrichter, von Keller zu Keller. Immer wieder liegt er zusammen mit kleinen Kampfgruppen im Dreck. »Hast du noch was zu fressen? Wie viel Schuss hast du noch?« Das sind die einzigen Gespräche, die die Soldaten jetzt noch in den Kellern führen. Nur einer weiß dann wirklich eine Nachricht, die sie alle aufhorchen lässt. »Der Führer ist in seinem Bunker gefallen«, sagt er und redet einfach weiter: »Man hört, dass er sich selbst erschossen hat.« Niemand ist darüber verwundert, niemand hat etwas anders erwartet. Und doch sind alle erleichtert, nicht, weil der Diktator endlich tot ist, sondern weil jetzt die Möglichkeit besteht, einen Schlussstrich zu ziehen. Und der Schlussstrich kommt dann auch am 2. Mai. Berlin kapituliert, und Rube reiht sich aus einem seiner tausend Keller heraus in einen langen Zug aus Gefangenen ein. Alle 80 Meter ein russischer Posten mit einer Kalaschnikow auf dem Rücken. Jetzt droht ihm also, ihm, der alle Strapazen in den Straßen der untergegangenen Reichshauptstadt überstanden hat, die russische Gefangenschaft. Sibirien ruft! Wenn er die lange Schlange nach vorne und hinten blickt, sieht er nur mehr graue, ausgemergelte Gesichter. Hunderte, Tausende. Er ist auf dem Weg ans Ende seines Lebens. Doch dann stockt der Zug. Das Schweizer Rote Kreuz hat eine Auffangstelle eingerichtet. Jedem Soldaten wird eine Karte in die Hand gedrückt, auf der er ein paar Zeilen nach Hause schreiben kann. Rube erkennt sofort seine Chance. Langsam arbeitet er sich in seiner Hundertschaft nach vorne, bis zu dem Tisch, an dem die Karten eingesammelt werden. Er beginnt selber, sie einzusammeln. Und plötzlich steht er nicht mehr auf deutscher, sondern auf schweizerischer Seite. Er hatte beide Hände voll mit Karten und geht mit den Schweizern mit, die die Papiere zu einer Sammelstelle bringen. Niemand wundert sich über den Deutschen, denn er ist nicht der einzige. Auch ein Dutzend andere Landser hatte die gleiche Idee. Aus dem Rot-Kreuz-

Zelt, in dem sie alle zusammenkommen, verabschiedet er sich höflich. Niemand hält ihn auf. Seine Flucht aus dem »Nachkriegsberlin«beginnt. Tagsüber meidet er jede Straße, jedes offene Licht. Nachts wagt er sich aus den Kellern, umgeht Menschenansammlungen. Lange hört er noch schießen, vereinzelt, immer wieder. Die Rache der Russen für dreieinhalb Jahre deutschen Krieg. Irgendwann ergattert Rube Zivilkleidung, und dann retten ihn auch die vielen Friedhöfe in Berlin. Sie sind riesig und Rubes Heimstatt für ein paar Nächte. Der Russe meidet sie, und der junge Leutnant verbringt dort viele Stunden, den Rücken an Grabsteine gelehnt. Er lässt Berlin hinter sich, schwimmt in einer lauen Mai-Nacht über die Elbe. Wie Hunderte wohl zur gleichen Minute. Dass ihm der Amerikaner seine Zivilkleidung nicht abkauft, ist ihm egal. Nur ein Jahr später ist er aus der Kriegsgefangenschaft wieder zu Hause.

Der Autor

Christian Huber, 1964 in Wasserburg am Inn geboren, ist seit zwanzig Jahren als Journalist und Publizist tätig. Sein Spezialgebiet: die Zeitgeschichte. Nach Abitur und Studium in München veröffentlichte er als Redakteur beim Oberbayerischen Volksblatt in Rosenheim, bei dem er 15 Jahre zum Großteil in verantwortlicher Position beschäftigt war, zahlreiche Serien und Berichte zum Zweiten Weltkrieg. Seine militärische Ausbildung absolvierte der ehemalige Zeitsoldat und Hauptmann a. D. unter anderem an der Offiziersschule der Luftwaffe in Fürstenfeldbruck. Huber ist heute Herausgeber einer Wochenzeitung für den Südosten Oberbayerns.